Una casa de granadas

Oscar Wilde

Una casa de granadas

Nueva traducción al español
traducido del inglés por Guillermo Tirelli

ROSETTA EDU

Título original: *A House of Pomegranates*

Primera publicación: 1891

Ilustración de tapa: Giuseppe Arcimboldo, Invierno (1573).

Primera edición: Abril 2024

Publicado por Rosetta Edu
Londres, Abril 2024
www.rosettaedu.com

ISBN: 978-1-916939-81-3

CLÁSICOS EN ESPAÑOL

Rosetta Edu presenta en esta colección libros clásicos de la literatura universal en nuevas traducciones al español, con un lenguaje actual, comprensible y fiel al original.

Las ediciones consisten en textos íntegros y las traducciones prestan especial atención al vocabulario, dado que es el mismo contenido que ofrecemos en nuestras célebres ediciones bilingües utilizadas por estudiantes avanzados de lengua extranjera o de literatura moderna.

Acompañando la calidad del texto, los libros están impresos sobre papel de calidad, en formato de bolsillo o tapa dura, y con letra legible y de buen tamaño para dar un acceso más amplio a estas obras.

Rosetta Edu
Londres
www.rosettaedu.com

INDICE

El joven Rey — 9

El cumpleaños de la Infanta — 21

El Pescador y su Alma — 37

El Niño-Estrella — 65

El joven Rey

Era la noche anterior al día fijado para su coronación, y el joven Rey estaba sentado solo en su hermosa cámara. Todos sus cortesanos se habían despedido de él, inclinando la cabeza hacia el suelo, según el ceremonioso uso del día, y se habían retirado al Gran Salón del Palacio, para recibir unas últimas lecciones del Profesor de Etiqueta; había algunos de ellos que aún conservaban modales bastante naturales, lo que en un cortesano es, huelga decirlo, una falta muy grave.

El muchacho —pues no era más que un muchacho, pues no tenía más que dieciséis años— no lamentó su partida, y se había echado con un profundo suspiro de alivio sobre los mullidos cojines de su sofá bordado, tumbado allí, con los ojos desorbitados y la boca abierta, como un fauno pardo del bosque, o algún joven animal de la selva recién atrapado por los cazadores.

Y, de hecho, fueron los cazadores quienes lo encontraron, al toparse con él casi por casualidad cuando, con los miembros desnudos y la pipa en la mano, seguía al rebaño del pobre cabrero que lo había criado y de quien siempre se había imaginado que era su hijo. Era el hijo de la única hija del viejo Rey, fruto de un matrimonio secreto con alguien muy inferior a ella en posición social... un extraño, decían algunos, que, por la maravillosa magia de su forma de tocar el laúd, había conseguido que la joven Princesa le amara; mientras que otros hablaban de un artista de Rímini, a quien la Princesa había honrado mucho, quizá demasiado, y que había desaparecido repentinamente de la ciudad, dejando su obra en la catedral sin terminar... cuando sólo tenía una semana, su madre se lo había arrebatado mientras dormía y lo habían dejado a cargo de un campesino y su esposa, que no tenían hijos propios y vivían en una parte remota del bosque, a más de un día de camino de la ciudad. El dolor, o la peste, como declaró el médico de la corte, o, como sugirieron algunos, un rápido veneno italiano administrado en una copa de vino especiado, mató, una hora después de su despertar, a la muchacha blanca que le había dado a luz, y mientras el fiel mensajero que llevaba al niño en el arco de su montura se bajaba de su cansado caballo y llamaba a la ruda puerta de la cabaña del cabrero, el cuerpo de la Princesa estaba siendo bajado a una tumba abierta que había sido cavada en un patio de iglesia desierto, más allá de las puertas de la ciudad, una tumba donde se decía que yacía también otro cuerpo, el de un joven de maravillosa y extraña belleza, cuyas manos estaban atadas detrás de él con un cordón anudado, y cuyo pecho estaba apuñalado con muchas heridas rojas.

Tal era, al menos, la historia que los hombres se susurraban unos a otros. Era cierto que el viejo Rey, cuando estaba en su lecho de muerte, ya fuera movido por el remordimiento por su gran pecado, o simplemente deseoso de que el reino no desapareciera de su linaje, había hecho llamar al muchacho y, en presencia del Consejo, lo había reconocido como su heredero.

Y parece que desde el primer momento de su reconocimiento él había dado muestras de esa extraña pasión por la belleza que estaba destinada a tener una influencia tan grande en su vida. Quienes le acompañaron a la suite de habitaciones apartadas para su servicio, hablaron a menudo del grito de placer que brotó de sus labios cuando vio los delicados atavíos y las ricas joyas que le habían preparado, y de la alegría casi feroz con la que se deshizo de su áspera túnica de cuero y de su tosca capa de piel de oveja. Echaba de menos, en efecto, a veces la fina libertad de su vida en el bosque, y siempre era propenso a irritarse por las tediosas ceremonias de la Corte que ocupaban gran parte de cada día, pero el maravilloso palacio —Joyeuse, como lo llamaban— del que ahora se encontraba señor, le parecía un mundo nuevo recién creado para su deleite; y en cuanto podía escapar del consejo o de la sala de audiencias, bajaba corriendo la gran escalera, con sus leones de bronce dorado y sus peldaños de brillante pórfido, y vagaba de habitación en habitación, y de pasillo en pasillo, como quien busca en la belleza un analgésico contra el dolor, una especie de restauración contra la enfermedad.

En estos viajes de descubrimiento, como él los llamaba —y, de hecho, eran para él verdaderos viajes a través de una tierra maravillosa—, a veces le acompañaban los esbeltos y rubios pajes de la Corte, con sus mantos flotantes y sus alegres cintas ondeantes; pero más a menudo estaba solo, sintiendo por cierto instinto rápido, que era casi una adivinación, que los secretos del arte se aprenden mejor en secreto, y que la Belleza, como la Sabiduría, ama al adorador solitario.

En esa época se contaban muchas historias curiosas sobre él. Se decía que un corpulento Mayor, que había acudido a pronunciar un florido discurso oratorio en nombre de los ciudadanos de la ciudad, le había visto arrodillado en auténtica adoración ante un gran cuadro que acababa de ser traído de Venecia y que parecía anunciar el culto a unos nuevos dioses. En otra ocasión se le había echado de menos durante varias horas y, tras una larga búsqueda, se le había descubierto en una pequeña cámara de una de las torrecillas septentrionales del palacio contemplando, como en trance, una gema griega tallada con la figura de Adonis. Se le había visto, según contaba, apretando sus cálidos labios contra la frente de mármol de una antigua estatua que había sido descubierta en el lecho del río con motivo de la construcción del puente de piedra, y que llevaba inscrito el nombre del esclavo bitinio de Adriano. Había pasado toda una noche observando el efecto de la luz de la luna sobre una imagen plateada de Endimión.

Todos los materiales raros y costosos ejercían ciertamente una gran fascinación sobre él, y en su afán por procurárselos había enviado a muchos mercaderes, unos a traficar por ámbar con los rudos pescadores de los mares del norte, otros a Egipto en busca de esa curiosa turquesa verde que sólo se encuentra en las tumbas de los reyes, y de la que se dice que posee propiedades mágicas, otros a Persia en busca de alfombras de seda y cerámica pintada, y otros a la India para comprar gasas y marfil teñido, piedras lunares y brazaletes de jade, madera de sándalo y esmalte azul y chales de lana fina.

Pero lo que más le había ocupado era el manto que iba a llevar en su coronación, el manto de oro tisú, y la corona tachonada de rubíes, y el cetro con sus hileras y anillos de perlas. De hecho, era en esto en lo que pensaba esta noche, mientras se recostaba en su lujoso sofá, observando el gran tronco de pino que se consumía en el hogar abierto. Los diseños, salidos de las manos de los artistas más famosos de la época, le habían sido presentados muchos meses antes, y él había dado órdenes de que los artífices trabajaron día y noche para llevarlos a cabo, y que se buscaran por todo el mundo joyas que estuvieran a la altura de su trabajo. Se vio a sí mismo en su fantasía de pie ante el altar mayor de la catedral con los bellos ropajes de un rey, y una sonrisa jugueteó y se demoró en torno a sus labios de niño, e iluminó con un brillo resplandeciente sus oscuros ojos de bosque.

Al cabo de un rato, se levantó de su asiento y, apoyándose en el ático tallado de la chimenea, contempló la estancia tenuemente iluminada. Las paredes estaban adornadas con ricos tapices que representaban el Triunfo de la Belleza. Una gran prensa, con incrustaciones de ágata y lapislázuli, llenaba un rincón, y frente a la ventana se alzaba un mueble curiosamente labrado con paneles lacados de oro empolvado y mosaico, sobre el que estaban colocadas algunas delicadas copas de cristal veneciano, y una copa de ónice veteado de oscuro. Pálidas amapolas brotaban sobre la colcha de seda de la cama, como si hubieran caído de las manos cansadas del sueño, y altas cañas de marfil estriado desnudaban el dosel de terciopelo, del que brotaban, como espuma blanca, grandes penachos de plumas de avestruz hacia la plata pálida del techo calado.

Un risueño Narciso de bronce verde sostenía un espejo pulido sobre su cabeza. Sobre la mesa había un cuenco plano de amatista.

Fuera, él podía ver la enorme cúpula de la catedral, que se cernía como una burbuja sobre las sombrías casas, y a los cansados centinelas que paseaban arriba y abajo por la brumosa terraza junto al río. Lejos, en un huerto, cantaba un ruiseñor. Un tenue perfume de jazmín entraba por la ventana abierta. Se apartó los rizos castaños de la frente y, cogiendo un laúd, dejó que sus dedos se pasearan por las cuerdas. Sus pesados párpados cayeron y una extraña languidez se apoderó de él. Nunca antes había sentido tan intensamente, ni con una alegría tan exquisita, la magia y el misterio de las cosas bellas.

Cuando sonó la medianoche desde la torre del reloj, tocó una campanilla y sus pajes entraron y le desvistieron con mucha ceremonia, vertiendo agua de rosas sobre sus manos y esparciendo flores sobre su almohada. Unos instantes después de que ellos hubieron abandonado la habitación, él se quedó dormido.

Y mientras dormía soñó un sueño, y éste fue su sueño.

Pensó que se encontraba en una buhardilla larga y baja, entre el zumbido y el traqueteo de muchos telares. La escasa luz del día se asomaba por las ventanas enrejadas y le mostraba las figuras demacradas de los tejedores inclinados sobre sus cajas. Niños pálidos y de aspecto enfermizo estaban agazapados en los enormes travesaños. Cuando las lanzaderas corrían por la urdimbre ellos levantaban los pesados listones, y cuando las lanzaderas se detenían ellos dejaban caer los listones y apretaban los hilos. Sus rostros estaban pellizcados por el hambre y sus delgadas manos temblaban y se agitaban. Algunas mujeres macilentas estaban sentadas a una mesa cosiendo. Un olor horrible llenaba el lugar. El aire era viciado y pesado, y las paredes goteaban y chorreaban humedad.

El joven Rey se acercó a uno de los tejedores y se quedó junto a él observándole.

El tejedor le miró con enfado y le dijo: «¿Por qué me vigilas? ¿Eres un espía que nos ha enviado nuestro amo?».

«¿Quién es tu amo?», preguntó el joven Rey.

«¡Nuestro amo!», gritó el tejedor, amargamente. «Es un hombre como yo. De hecho, sólo hay esta diferencia entre nosotros: que él viste ropas finas mientras que yo voy en harapos, y que mientras yo estoy débil de hambre él sufre no poco por alimentarse demasiado».

«La tierra es libre», dijo el joven rey, «y tú no eres esclavo de nadie».

«En la guerra», respondió el tejedor, «los fuertes hacen esclavos a los débiles, y en la paz los ricos hacen esclavos a los pobres. Debemos trabajar para vivir, y nos dan salarios tan mezquinos que nos morimos. Trabajamos para ellos todo el día, y ellos amontonan oro en sus arcas, y nuestros hijos se marchitan antes de tiempo, y los rostros de los que amamos se vuelven duros y malvados. Nosotros pisamos las uvas, y otro bebe el vino. Sembramos el maíz, y nuestra propia mesa está vacía. Tenemos cadenas, aunque ningún ojo las contempla; y somos esclavos, aunque los hombres nos llaman libres».

«¿Es así con todos?», preguntó él.

«Es así con todos», respondió el tejedor, «con los jóvenes tanto como con los viejos, con las mujeres tanto como con los hombres, con los niños pequeños tanto como con los que ya están entrados en años. Los mercaderes nos machacan y tenemos que cumplir sus órdenes. El sacerdote cabalga y cuenta sus cuentas, y ningún hombre se ocupa de nosotros. Por nuestras callejuelas sin sol se arrastra la Pobreza con sus ojos hambrientos, y el Pecado con su rostro empapado la sigue de cerca. La Miseria nos despierta por la mañana, y la Vergüenza se sienta con nosotros por la noche. Pero, ¿qué son estas cosas para ti? Tú no eres uno de nosotros. Tu rostro es demasiado feliz». Y se volvió con el ceño fruncido, y lanzó la lanzadera por el telar, y el joven Rey vio que estaba enhebrada con un hilo de oro.

Un gran terror se apoderó de él y dijo al tejedor: «¿Qué túnica es ésta que estás tejiendo?».

«Es el manto para la coronación del joven Rey», respondió él; «¿de qué te sirve saber eso?».

Y el joven Rey dio un fuerte grito y se despertó, y ¡he aquí! estaba en su propia cámara, y a través de la ventana vio la gran luna color miel colgando en el aire crepuscular.

Y se durmió de nuevo y soñó, y este fue su sueño.

Pensó que estaba tumbado en la cubierta de una enorme galera que remaban un centenar de esclavos. En una alfombra a su lado estaba sentado el amo de la galera. Era negro como el ébano y su turbante era de seda carmesí. Grandes pendientes de plata se arrastraban por los gruesos lóbulos de sus orejas, y en sus manos tenía un par de pesas de marfil.

Los esclavos estaban desnudos, salvo por un harapiento taparrabos, y cada hombre estaba encadenado a su vecino. El ardiente sol pegaba con fuerza sobre ellos, y los negros corrían arriba y abajo por la pasarela y los azotaban con látigos de piel. Extendían sus delgados brazos y tiraban de los pesados remos a través del agua. El rocío salado volaba de las paletas.

Por fin llegaron a una pequeña bahía y comenzaron a lanzar sondas. Un ligero viento soplaba desde la orilla y cubría la cubierta y la gran vela latina con un fino polvo rojo. Tres árabes montados en asnos salvajes salieron a caballo y les arrojaron lanzas. El capitán de la galera tomó un arco pintado en la mano y disparó a uno de ellos en la garganta. Cayó pesadamente al oleaje y sus compañeros se alejaron al galope. Una mujer envuelta en un velo amarillo les seguía lentamente en un camello, mirando de vez en cuando hacia atrás, hacia el cadáver.

En cuanto hubieron echado el ancla y arriado la vela, los negros fueron a la bodega y subieron una larga escalera de cuerda, fuertemente lastrada con plomo. El patrón de la galera la arrojó por la borda, sujetando los extremos a dos puntales de hierro. Entonces los negros agarraron al más joven de los esclavos y le arrancaron los grilletes, le llenaron los orificios nasales y las orejas de cera y le ataron una gran piedra a la cintura. Él se arrastró cansinamente por la escalera y desapareció en el mar. Unas burbujas surgieron donde se hundió. Algunos de los otros esclavos se asomaron curiosos por la borda. En la proa de la galera estaba sentado un tiburonero que golpeaba monótonamente un tambor.

Al cabo de un rato, el buzo salió del agua y se aferró jadeante a la escalera con una perla en la mano derecha. Los negros se la arrebataron y le empujaron hacia atrás. Los esclavos se durmieron sobre sus remos.

Una y otra vez subía, y cada vez que lo hacía traía consigo una hermosa perla. El patrón de la galera las pesaba y las metía en una bolsita de cuero verde.

El joven rey intentó hablar, pero su lengua parecía pegarse al paladar y sus labios se negaban a moverse. Los negros parloteaban entre sí y empezaron a pelearse por una sarta de cuentas brillantes. Dos grullas volaron alrededor del barco.

Entonces el buzo subió por última vez, y la perla que traía era más hermosa que todas las perlas de Ormuz, pues tenía la forma de la luna llena y era más blanca que el lucero del alba. Pero el rostro de él estaba extrañamente pálido, y al caer sobre la cubierta la sangre brotó de sus orejas y fosas nasales. Se estremeció durante un instante y luego se quedó inmóvil. Los negros se encogieron de hombros y arrojaron el cuerpo por la borda.

El capitán de la galera se echó a reír y, alargando la mano, cogió la perla y, al verla, se la apretó contra la frente y se inclinó. «Será», dijo, «para el cetro del joven Rey», e hizo una señal a los negros para que levantasen el ancla.

Y cuando el joven Rey oyó esto dio un gran grito, y se despertó, y a través de la ventana vio los largos dedos grises del amanecer aferrándose a las estrellas que se desvanecían.

Y se durmió de nuevo, y soñó, y este fue su sueño.

Pensó que deambulaba por un bosque sombrío, colmado de extraños frutos y de hermosas flores venenosas. Las víboras le siseaban al pasar y los brillantes loros volaban chillando de rama en rama. Enormes tortugas yacían dormidas sobre el barro caliente. Los árboles estaban llenos de simios y pavos reales.

Siguió avanzando hasta que llegó a las afueras del bosque y allí vio una inmensa multitud de hombres que trabajaban en el lecho de un río seco. Subían por el peñasco como hormigas. Cavaban profundas fosas en el suelo y descendían a ellas. Algunos hendían las rocas con grandes hachas; otros se agarraban a la arena.

Arrancaban el cactus de raíz y pisaban las flores escarlata. Corrían de un lado a otro, llamándose unos a otros, y ningún hombre estaba ocioso.

Desde la oscuridad de una caverna, la Muerte y Avaricia los observaron, y la Muerte dijo: «Estoy cansada; dame un tercio de ellos y déjame ir». Pero Avaricia sacudió la cabeza. «Son mis sirvientes», respondió ella.

Y la Muerte le dijo: «¿Qué tienes en la mano?».

«Tengo tres granos de maíz», respondió ella; «¿por qué te importa?».

«Dame uno de ellos», gritó la Muerte, «para plantarlo en mi jardín; sólo uno de ellos, y me iré».

«No te daré nada», dijo Avaricia, y escondió la mano en el pliegue de su vestidura.

Y la Muerte se rió, y tomó una copa, y la sumergió en un estanque de agua, y de la copa surgió la Agonía. Ella pasó a través de la gran multitud, y un tercio de ellos yacía muerto. Una niebla fría la siguió, y las serpientes de agua corrieron a su lado.

Y cuando Avaricia vio que un tercio de la multitud había muerto, se golpeó el pecho y lloró. Se golpeó el pecho y lloró en voz alta. «Has matado a un tercio de mis siervos», gritó, «vete. Hay guerra en las montañas de Tartaria, y los reyes de cada bando te llaman. Los afganos han matado al buey negro y marchan a la batalla. Han golpeado sus escudos con sus lanzas, y se han puesto sus cascos de hierro. ¿Qué es mi valle para ti, para que te quedes en él? Vete y no vengas más por aquí».

«No», respondió la Muerte, «hasta que no me des un grano de maíz no me iré».

Pero Avaricia cerró la mano y apretó los dientes. «No te daré nada», murmuró.

Y la Muerte se rió, cogió una piedra negra y la arrojó al bosque, y de un matorral de cicuta salvaje salió la Fiebre vestida con un manto de llamas. Ella pasó a través de la multitud, y los tocó, y cada hombre que ella tocó murió. La hierba se marchitó bajo sus pies mientras ella caminaba.

Y Avaricia se estremeció y se puso ceniza sobre la cabeza. «Eres cruel», gritó; «eres cruel, hay hambre en las ciudades amuralladas de la India, y las cisternas de Samarcanda se han secado. Hay hambre en las ciudades amuralladas de Egipto, y las langostas han subido del desierto. El Nilo no ha desbordado sus orillas, y los sacerdotes han maldecido a Isis y a Osiris. Vete con los que te necesitan y déjame a mis siervos».

«No», respondió la Muerte, «hasta que no me des un grano de maíz no me iré».

«No te daré nada», dijo Avaricia.

Y la Muerte volvió a reír, y silbó entre sus dedos, y una mujer salió volando por los aires. La Peste estaba escrita en su frente, y una multitud de flacos buitres giraba a su alrededor. Cubrió el valle con sus alas, y no quedó hombre vivo.

Y la Avaricia huyó chillando por el bosque, y la Muerte saltó sobre su caballo rojo y se alejó galopando, y su galope era más rápido que el viento.

Y del limo del fondo del valle se arrastraban dragones y cosas horribles con escamas, y los chacales venían trotando por la arena, olfateando el aire con sus narices.

El joven Rey lloró y dijo: «¿Quiénes eran esos hombres y qué buscaban?».

«Buscaban rubíes para la corona de un Rey», respondió uno que estaba detrás de él.

El joven Rey se sobresaltó y, volviéndose, vio a un hombre vestido de peregrino que llevaba en la mano un espejo de plata.

Él se puso pálido y dijo: «¿Para qué rey?».

Y el peregrino respondió: «Mira en este espejo y lo verás».

Él miró en el espejo y, al ver su propio rostro, dio un gran grito y se despertó, y la brillante luz del sol entraba en la habitación, y desde los árboles del jardín y el parterre los pájaros cantaban.

El Chambelán y los altos funcionarios del Estado entraron y le rindieron pleitesía, y los pajes le trajeron el manto de oro tisú y le pusieron delante la corona y el cetro.

Y el joven Rey los miró, y eran hermosos. Eran más hermosos que todo lo que había visto. Pero recordó sus sueños, y dijo a sus señores: «Llévense estas cosas, porque no me las pondré».

Y los cortesanos se asombraron, y algunos de ellos se rieron, pues pensaron que estaba bromeando.

Pero él volvió a hablarles con severidad y les dijo: «Llévense estas cosas y escóndanlas de mí. Aunque sea el día de mi coronación, no me las pondré. Pues en el telar de la Desdicha y por las blancas manos del Dolor, ha sido tejida esta mi túnica. Hay Sangre en el corazón del rubí, y Muerte en el corazón de la perla». Y les contó sus tres sueños.

Y cuando los cortesanos los oyeron, se miraron unos a otros y murmuraron, diciendo: «Seguramente está loco; porque ¿qué es un sueño sino un sueño, y una visión sino una visión? No son cosas reales para que uno les haga caso. ¿Y qué tenemos que hacer con las vidas de quienes trabajan para nosotros? ¿No comerá un hombre pan hasta que haya visto al sembrador, ni beberá vino hasta que haya hablado con el viñador?».

Y el Chambelán se dirigió al joven Rey y le dijo: «Mi señor, te ruego que dejes a un lado estos negros pensamientos tuyos, y te pongas este hermoso manto, y coloques esta corona sobre tu cabeza. Porque ¿cómo sabrá el pueblo que eres rey, si no tienes vestiduras de rey?».

Y el joven Rey le miró. «¿Es así, en verdad?», preguntó. «¿No me reconocerán como un rey si no tengo un atuendo de rey?».

«No te reconocerán, mi señor», gritó el Chambelán.

«Había pensado que había hombres que eran como reyes», respondió él, «pero puede ser como tú dices. Y sin embargo no llevaré este manto, ni seré coronado con esta corona, sino que tal como vine al palacio así saldré de él.»

Y les ordenó a todos que le dejaran, excepto a un paje al que mantuvo como compañero, un muchacho un año más joven que él. Lo retuvo para su servicio, y cuando se hubo bañado en agua clara, abrió un gran cofre pintado, y de él sacó la túnica de cuero y la áspera capa de piel de oveja que había llevado cuando vigilaba en la ladera las desgreñadas cabras del cabrero. Se los puso y en la mano cogió su tosco cayado de pastor.

El pajecillo abrió asombrado sus grandes ojos azules y le dijo sonriendo: «Mi señor, veo tu manto y tu cetro, pero ¿dónde está tu corona?».

Y el joven Rey arrancó una rama de zarza silvestre que trepaba por el balcón, la dobló, se hizo con ella una diadema y se la puso en la cabeza.

«Esta será mi corona», respondió.

Y así ataviado salió de su cámara al Gran Salón, donde le esperaban los nobles.

Y los nobles se rieron, y algunos de ellos le gritaron: «Mi señor, el pueblo espera a su rey, y tú les muestras a un mendigo», y otros se enfurecieron y dijeron: «Él trae la vergüenza a nuestro estado, y es indigno de ser nuestro señor». Pero él no les respondió ni una palabra, sino que siguió adelante, bajó por la brillante escalera de pórfido y salió por las puertas de bronce, montó en su caballo y cabalgó hacia la catedral, con el pajecillo corriendo a su lado.

La gente se reía y decía: «Es el tonto del Rey que pasa cabalgando», y se burlaban de él.

Y él tiró de la rienda y dijo: «No es así, pero es cierto que yo soy el Rey». Y les contó sus tres sueños.

Un hombre salió de entre la multitud y le habló amargamente, diciendo: «Señor, ¿no sabes que del lujo de los ricos nace la vida de los pobres? Con la pompa de ustedes nos nutrimos, y sus vicios nos dan el pan. Trabajar para un amo duro es amargo, pero no tener amo para quien trabajar es más amargo aún. ¿Crees que los cuervos nos alimentarán? ¿Y qué remedio tienes para estas cosas? ¿Dirás al comprador: "Comprarás por tanto", y al vendedor: "Venderás a este precio"? Creo que no. Vuelve, pues, a tu palacio y vístete de púrpura y de lino fino. ¿Qué tienes que hacer entre nosotros y aquellos que sufrimos?».

«¿No son hermanos el rico y el pobre?», preguntó el joven Rey.

«Sí», respondió el hombre, «y el nombre del hermano rico es Caín».

Y los ojos del joven Rey se llenaron de lágrimas, y siguió cabalgando entre los murmullos de la gente, y el pajecillo se asustó y le abandonó.

Y cuando llegó al gran portal de la catedral, los soldados sacaron sus alabardas y dijeron: «¿Qué buscas aquí? Nadie entra por esta puerta excepto el Rey».

Su rostro enrojeció de ira y les dijo: "Yo soy el Rey", e hizo a un lado sus alabardas y pasó.

Y cuando el anciano Obispo lo vio llegar con su vestido de cabrero, se levantó maravillado de su trono, fue a su encuentro y le dijo: «Hijo mío, ¿es éste el atuendo de un rey? ¿Con qué corona te coronaré y qué cetro pondré en tu mano? Ciertamente éste debería ser para ti un día de alegría, y no un día de abatimiento».

«¿Debe la Alegría vestir lo que la Pena ha modelado?», dijo el joven Rey. Y le contó sus tres sueños.

Cuando el Obispo los hubo oído, frunció el ceño y dijo: «Hijo mío, soy un anciano y estoy en el invierno de mis días, y sé que se hacen muchas cosas malas en el ancho mundo. Los feroces ladrones bajan de las montañas, se llevan a los niños pequeños y los venden a los Moros. Los leones acechan a las caravanas y saltan sobre los camellos. El jabalí desarraiga el maíz en el valle, y los zorros roen las vides en la colina. Los piratas asolan la costa y queman los barcos de los pescadores y les arrebatan sus redes. En los pantanos salados viven los leprosos; tienen casas de juncos, y nadie puede acercarse a ellos. Los mendigos vagan por las ciudades, y comen su comida con los perros. ¿Puedes hacer que estas cosas no sean? ¿Tomarás al leproso por compañero de cama y pondrás al mendigo a tu mesa? ¿Hará el león tu voluntad, y el jabalí te obedecerá? ¿No es más sabio que tú Aquel que hizo la miseria? Por eso no te alabo por esto que has hecho, sino que te ordeno que vuelvas cabalgando a Palacio y alegres tu rostro, y te pongas las vestiduras que corresponden a un rey, y con la corona de oro te coronaré, y el cetro de perlas pondré en tu mano. Y en cuanto a tus sueños, no pienses más en ellos. La carga de este mundo es demasiado grande para que la lleve un solo hombre, y la pena del mundo demasiado pesada para que la sufra un solo corazón».

«¿Dices eso en esta casa?», dijo el joven Rey, y pasó junto al Obispo, subió los escalones del altar y se detuvo ante la imagen de Cristo.

Él estaba de pie ante la imagen de Cristo, y a su derecha y a su izquierda estaban los maravillosos vasos de oro, el cáliz con el vino amarillo y la ampolla con el óleo santo. Se arrodilló ante la imagen de Cristo, y las grandes velas ardían brillantes junto al relicario enjoyado, y el humo del incienso se enroscaba en finas coronas azules a través de la cúpula. Inclinó la cabeza en oración, y los sacerdotes con sus rígidas capas se alejaron sigilosamente del altar.

Y de repente un tumulto salvaje vino de la calle de fuera, y entraron los nobles con espadas desenvainadas y penachos cabeceantes, y escudos de acero pulido. «¿Dónde está este soñador de sueños?», gritaron. «¿Dónde está este Rey que va vestido como un mendigo... este muchacho que avergüenza a nuestro estado? Es seguro que lo mataremos, pues es indigno de gobernarnos».

El joven Rey inclinó de nuevo la cabeza y rezó, y cuando hubo terminado su oración se levantó y, volviéndose, los miró con tristeza.

Y he aquí que a través de las ventanas pintadas le llegó la luz del sol, y los rayos del sol tejieron a su alrededor un manto de tisú más hermoso que el que se había confeccionado para su placer. La vara muerta floreció, y desnudó lirios que eran más blancos que las perlas. El espino seco floreció, y dio rosas que eran más rojas que los rubíes. Más blancos que perlas finas eran los lirios, y sus tallos eran de plata brillante. Más rojas que rubíes eran las rosas, y sus hojas eran de oro batido.

Permaneció allí con los ropajes de un rey, y las puertas del santuario enjoyado se abrieron de par en par, y del cristal de la custodia de muchos rayos brilló una luz maravillosa y mística. Estaba allí con vestiduras de rey, y la Gloria de Dios llenó el lugar, y los santos en sus nichos esculpidos parecían moverse. En las bellas vestiduras de un rey estaba de pie ante ellos, y el órgano repicaba su música, y los trompetistas soplaban sus trompetas, y los niños cantores cantaban.

Y el pueblo cayó de rodillas sobrecogido, y los nobles envainaron sus espadas y rindieron homenaje, y el rostro del Obispo palideció y sus manos temblaron. «Uno más grande que yo te ha coronado», gritó, y se arrodilló ante él.

Y el joven Rey bajó del altar mayor y pasó hacia su casa en medio del pueblo. Pero ningún hombre se atrevió a mirar su rostro, pues era como el rostro de un ángel.

El cumpleaños de la Infanta

Era el cumpleaños de la Infanta. Ella tenía sólo doce años y el sol brillaba con fuerza en los jardines del palacio.

Aunque era una verdadera Princesa y la Infanta de España, sólo tenía un cumpleaños al año, como los hijos de la gente bastante pobre, así que naturalmente era un asunto de gran importancia para todo el país que ella tuviera un día realmente bonito para la ocasión. Y sin duda lo era. Los altos tulipanes rayados se erguían sobre sus tallos, como largas hileras de soldados, y miraban desafiantes a través de la hierba a las rosas, y decían: «Ahora somos tan espléndidos como ustedes». Las mariposas púrpuras revoloteaban con polvo dorado en las alas, visitando cada flor por turno; las lagartijas salían sigilosamente de las grietas del muro, y yacían tomando el sol en el resplandor blanco; y las granadas se partían y agrietaban con el calor, y mostraban sus corazones rojos sangrantes. Incluso los pálidos limones amarillos, que colgaban en tal profusión de los enrejados enmohecidos y a lo largo de las oscuras arcadas, parecían haber adquirido un color más rico por la maravillosa luz del sol, y los árboles de magnolias abrían sus grandes flores en forma de globo de marfil plegado, y llenaban el aire de un dulce y pesado perfume.

La propia Princesita paseaba arriba y abajo por la terraza con sus compañeras y jugaba al escondite alrededor de los jarrones de piedra y las viejas estatuas cubiertas de musgo. En los días ordinarios sólo se le permitía jugar con niños de su mismo rango, por lo que siempre tenía que jugar sola, pero su cumpleaños era una excepción, y el Rey había dado órdenes de que invitara a cualquiera de sus jóvenes amigos que le gustara a venir y divertirse con ella. Había una gracia majestuosa en estos esbeltos niños españoles mientras se deslizaban, los chicos con sus grandes sombreros de plumas y sus cortas capas ondeantes, las chicas sujetando las colas de sus largos vestidos brocados y protegiéndose del sol de los ojos con enormes abanicos de negro y plata. Pero la Infanta era la más agraciada de todas, y la que iba ataviada con más gusto, según la moda algo recargada de la época. Su toga era de raso gris, la falda y las anchas mangas abullonadas muy bordadas de plata, y el rígido corsé tachonado de hileras de finas perlas. Dos diminutas zapatillas con grandes rosetones de color rosa asomaban bajo su vestido mientras caminaba. Rosa y perla era su gran abanico de gasa, y en el pelo, que como una aureola de oro desteñido destacaba rígidamente alrededor de su pálida carita, llevaba una hermosa rosa blanca.

Desde una ventana del palacio, el Rey, triste y melancólico, los observaba. Detrás de él estaba su hermano, Don Pedro de Aragón, a quien odiaba, y su confesor, el Gran Inquisidor de Granada, sentado a su lado. Más triste aún que de costumbre estaba el Rey, pues mientras miraba a la Infanta inclinarse con gravedad infantil ante los cubos reunidos, o reírse detrás de su abanico de la sombría Duquesa de Alburquerque que siempre la acompañaba, pensaba en la joven Reina, su madre, que poco tiempo antes —así le parecía— había llegado del alegre país de Francia, y se había marchitado en el sombrío esplendor de la corte española, muriendo sólo seis meses después del nacimiento de su hija, antes de que hubiera visto florecer dos veces los almendros en el huerto, o arrancado los frutos del segundo año de la vieja higuera nudosa que se alzaba en el centro del patio, ahora cubierto de hierba. Tan grande había sido su amor por ella que no había permitido que ni siquiera la tumba se la ocultara. Había sido embalsamada por un médico morisco, a quien a cambio de este servicio se le había concedido la vida, que por herejía y sospecha de prácticas mágicas ya había perdido, según decían los hombres, ante el Santo Oficio, y el cuerpo de ella aún yacía en su féretro tapizado en la capilla de mármol negro del Palacio, tal y como los monjes la habían llevado aquel ventoso día de marzo de hacía casi doce años. Una vez al mes, el Rey, envuelto en un manto oscuro y con una linterna cubierta en la mano, entraba y se arrodillaba a su lado gritando: «*¡Mi reina! Mi reina!*» y, a veces, rompiendo la etiqueta formal que en España rige cada acción separada de la vida, y pone límites incluso al dolor de un Rey, se agarraba a las pálidas manos enjoyadas en una salvaje agonía de dolor, e intentaba despertar con sus besos enloquecidos el frío rostro pintado.

Hoy le parecía verla de nuevo, como la había visto por primera vez en el Castillo de Fontainebleau, cuando él no tenía más que quince años, y ella aún más joven. En aquella ocasión habían sido prometidos formalmente por el Nuncio papal en presencia del Rey francés y de toda la corte, y él había regresado al Escorial llevando consigo un pequeño rizo de pelo rubio y el recuerdo de dos labios infantiles que se inclinaban para besarle la mano al subir a su carruaje. Más tarde había seguido el matrimonio, celebrado apresuradamente en Burgos, una pequeña ciudad en la frontera entre los dos países, y la gran entrada pública en Madrid con la acostumbrada celebración de la misa mayor en la iglesia de La Atocha, y un auto de fe más solemne de lo habitual, en el que cerca de trescientos herejes, entre los que había muchos ingleses, habían sido entregados al brazo secular para ser quemados.

Ciertamente, él la había amado con locura, y hasta la ruina —pensaron muchos— de su país, entonces en guerra con Inglaterra por la posesión del imperio del Nuevo Mundo. Casi nunca él le había permitido a ella perderse de vista; por ella había olvidado, o parecía haber olvidado, todos los asuntos graves de Estado; y, con esa terrible ceguera que la pasión provoca en sus servidores, no se había dado cuenta de que las elaboradas ceremonias con las que trataba de complacerla no hacían sino agravar el extraño mal que padecía. Cuando ella murió él se sintió, durante un tiempo, como alguien privado de razón. De hecho, no cabe duda de que habría abdicado formalmente y se habría retirado al gran monasterio trapense de Granada, del que ya era Prior titular, si no hubiera temido dejar a la pequeña Infanta a merced de su hermano, cuya crueldad, incluso en España, era notoria, y de quien muchos sospechaban que había causado la muerte de la Reina mediante un par de guantes envenenados que le había regalado con motivo de su visita a su castillo en Aragón. Incluso después de la expiración de los tres años de luto público que había ordenado en todos sus dominios por edicto real, nunca permitió que sus ministros hablaran de ninguna nueva alianza, y cuando el propio Emperador le envió y le ofreció la mano de la encantadora Archiduquesa de Bohemia, su sobrina, en matrimonio, ordenó a los embajadores que dijeran a su señor que el Rey de España ya estaba casado con la Dolorosa, y que aunque no era más que una novia estéril la amaba más que a la Bella; una respuesta que le costó a su corona las ricas provincias de los Países Bajos, que poco después, a instigación del Emperador, se rebelaron contra él bajo el liderazgo de algunos fanáticos de la Iglesia Reformada.

Toda su vida de casado, con sus feroces y fogosas alegrías y la terrible agonía de su repentino final, parecía volver a él hoy mientras observaba a la Infanta jugando en la terraza. Tenía toda la bonita petulancia de la Reina, la misma manera voluntariosa de mover la cabeza, la misma boca hermosa y curvada, la misma sonrisa maravillosa —*vrai sourire de France* en verdad— cuando miraba de vez en cuando hacia la ventana o extendía su manita para que la besaran los señoriales caballeros españoles. Pero las estridentes risas de los niños le rechinaban en los oídos, y la brillante y despiadada luz del sol se burlaba de su pena, y un sordo olor a extrañas especias, especias como las que usan los embalsamadores, parecía empañar —¿o era fantasía?— el claro aire de la mañana. Enterró la cara entre las manos, y cuando la Infanta volvió a levantar la vista, las cortinas se habían corrido y el Rey se había retirado.

Ella hizo una pequeña mueca de decepción y se encogió de hombros.

Seguramente se tendría que haber quedado con ella el día de su cumpleaños. ¿Qué importaban los estúpidos asuntos de Estado? ¿O se había ido a esa capilla sombría, donde las velas siempre estaban encendidas, y donde a ella nunca se le permitía entrar? ¡Qué tonto era, cuando el sol brillaba tanto y todo el mundo estaba tan contento! Además, se perdería el simulacro de corrida de toros para el que ya sonaba la trompeta, por no hablar del espectáculo de marionetas y las demás cosas maravillosas. Su tío y el Gran Inquisidor eran mucho más sensatos. Habían salido a la terraza y le habían hecho bonitos cumplidos. Así que ella sacudió su bonita cabeza, y cogiendo a Don Pedro de la mano, bajó lentamente los escalones hacia un largo pabellón de seda púrpura que se había erigido al final del jardín, los otros niños la seguían en estricto orden de precedencia, los que tenían los nombres más largos iban primero.

Una procesión de niños nobles, fantásticamente vestidos como toreros, salió a recibirla, y el joven Conde de Tierra-Nueva, un muchacho maravillosamente apuesto de unos catorce años, descubriéndose la cabeza con toda la gracia de un gran hidalgo nato de España, la condujo solemnemente hasta una pequeña silla de marfil y enchapado de oro que estaba colocada en un estrado elevado sobre la arena. Los niños se agruparon alrededor, agitando sus grandes abanicos y cuchicheando entre ellos, y Don Pedro y el Gran Inquisidor se quedaron riendo a la entrada. Incluso la Duquesa —la Camerera-Alcaldesa, como la llamaban—, una mujer delgada y de facciones duras con una gorguera amarilla, no parecía tan malhumorada como de costumbre, y algo parecido a una sonrisa helada recorrió su rostro arrugado y crispó sus finos labios exangües.

Ciertamente era una corrida maravillosa, y mucho más bonita, pensó la Infanta, que la corrida de verdad que la habían llevado a ver a Sevilla, con motivo de la visita del Duque de Parma a su padre. Algunos de los chicos cabalgaban a lomos de caballos ricamente caparazonados blandiendo largas jabalinas con alegres serpentinas de brillantes cintas sujetas a ellas; otros iban a pie agitando sus capas escarlatas ante el toro y saltando ligeramente por encima de la barrera cuando éste les embestía; y en cuanto al toro en sí, era igual que un toro vivo, aunque sólo estaba hecho de mimbre y piel estirada, y a veces insistía en correr alrededor de la arena sobre sus patas traseras, cosa que ningún toro vivo sueña con hacer. Además dio una pelea espléndida, y los niños se emocionaron tanto que se subieron a los bancos, agitaron sus pañuelos de encaje y gritaron: *¡Bravo toro! ¡Bravo toro!* tan sensiblemente como si hubieran sido personas adultas. Al final, sin embargo, tras un prolongado combate, durante el cual varios de los caballos de aficionados fueron corneados de parte a parte y, desmontados sus jinetes, el joven Conde de Tierra-Nueva puso al toro de rodillas y, tras obtener permiso de la Infanta para dar el golpe de gracia, clavó su espada de madera en el cuello del animal con tal violencia que la cabeza se desprendió y dejó al descubierto el rostro risueño del pequeño Monsieur de Lorraine, hijo del Embajador Francés en Madrid.

Después de un breve interludio —durante el cual un maestro de postura francés actuó en la cuerda floja— unos títeres italianos representaron la tragedia semiclásica de Sofonisba en el escenario de un pequeño teatro que se había construido para la ocasión. Actuaron tan bien, y sus gestos eran tan extremadamente naturales, que al final de la obra los ojos de la Infanta estaban bastante empañados por las lágrimas. De hecho, algunos de los niños lloraron de verdad y tuvieron que ser consolados con dulces, y el propio Gran Inquisidor estaba tan afectado que no pudo evitar decirle a Don Pedro que le parecía intolerable que cosas hechas simplemente de madera y cera coloreada, y que funcionaban mecánicamente mediante alambres, fueran tan infelices y sufrieran desgracias tan terribles.

Le siguió un malabarista africano que trajo una gran cesta plana cubierta con una tela roja y, tras colocarla en el centro de la arena, sacó de su turbante una curiosa pipa de caña y sopló a través de ella. En unos instantes, la tela empezó a moverse y, a medida que la flauta se hacía más y más estridente, dos serpientes verdes y doradas sacaron sus extrañas cabezas en forma de cuña y se elevaron lentamente, balanceándose de un lado a otro con la música como una planta se balancea en el agua. Los niños, sin embargo, se asustaron bastante ante sus capuchas moteadas y sus lenguas rápidas y escurridizas, y se alegraron mucho más cuando el malabarista hizo crecer de la arena un naranjo diminuto que daba bonitas flores blancas y racimos de fruta de verdad; y cuando él cogió el abanico de la hija pequeña del Marqués de Las Torres y lo transformó en un pájaro azul que voló alrededor del pabellón y cantó, su deleite y asombro no tuvieron límites. También fue encantador el solemne minué interpretado por los bailarines de la iglesia de Nuestra Señora del Pilar. La Infanta nunca había visto esta maravillosa ceremonia que tiene lugar todos los años en el mes de mayo ante el altar mayor de la Virgen, y en su honor; y de hecho ningún miembro de la familia real de España había entrado en la gran catedral de Zaragoza desde que un sacerdote loco, que muchos suponían a sueldo de Isabel de Inglaterra, había intentado administrar una hostia envenenada al Príncipe de Asturias. Así que sólo había sabido de oídas del «Baile de Nuestra Señora», como se le llamaba, y ciertamente era un espectáculo hermoso. Los chicos llevaban vestidos de corte a la antigua usanza, de terciopelo blanco, y sus curiosos sombreros de tres picos estaban orlados de plata y coronados con enormes penachos de plumas de avestruz; la deslumbrante blancura de sus trajes, cuando se movían a la luz del sol, se veía aún más acentuada por sus rostros morenos y sus largos cabellos negros. Todo el mundo estaba fascinado por la grave dignidad con la que se movían a través de las intrincadas figuras de la danza, y por la elaborada gracia de sus lentos gestos, y señoriales reverencias, y cuando hubieron terminado su actuación y se quitaron sus grandes sombreros emplumados ante la Infanta, ésta agradeció su reverencia con mucha cortesía, e hizo el voto de que enviaría una gran vela de cera al santuario de Nuestra Señora del Pilar en recompensa por el placer que le había proporcionado.

Una tropa de apuestos egipcios —como se llamaba a los gitanos en aquella época— avanzó entonces hacia la arena y, sentados con las piernas cruzadas, formando un círculo, empezaron a tocar suavemente sus cítaras, moviendo el cuerpo al son de la melodía y tarareando, casi por debajo de la respiración, un aire bajo y soñador. Cuando vieron a Don Pedro, le miraron con el ceño fruncido y algunos de ellos parecían aterrorizados, pues sólo unas semanas antes había mandado ahorcar a dos de su tribu por brujería en el mercado de Sevilla, pero la hermosa Infanta les encantó mientras se inclinaba hacia atrás espiando por encima de su abanico con sus grandes ojos azules, y se sintieron seguros de que alguien tan encantadora como ella nunca podría ser cruel con nadie. Así que siguieron tocando muy suavemente y sólo rozando los cuerdas de las cítaras con sus largas uñas puntiagudas, y sus cabezas empezaron a cabecear como si se estuvieran quedando dormidos. De repente, con un grito tan agudo que todos los niños se sobresaltaron y la mano de Don Pedro aferró el pomo de ágata de su daga, se pusieron en pie de un salto y giraron enloquecidos alrededor del recinto golpeando sus panderetas y canturreando alguna salvaje canción de amor en su extraño lenguaje gutural. Luego, a otra señal, se arrojaron todos de nuevo al suelo y se quedaron allí inmóviles, siendo el sordo rasgueo de las cítaras el único sonido que rompía el silencio. Después de haber hecho esto varias veces, desaparecieron por un momento y volvieron conduciendo a un oso peludo pardo por una cadena y llevando sobre sus hombros a unos pequeños monos de Berbería. El oso se mantenía de pie sobre su cabeza con la mayor gravedad, y los enjutos simios hacían todo tipo de divertidas jugarretas con dos niños gitanos que parecían ser sus amos, y luchaban con espadas diminutas, y disparaban pistolas, y hacían un simulacro de soldado común igual que el propio guardaespaldas del Rey. De hecho, los gitanos fueron un gran éxito.

Pero lo más divertido de todo el entretenimiento de la mañana fue sin duda el baile del Enanito. Cuando tropezó en la arena, contoneándose sobre sus piernas torcidas y meneando su enorme cabeza deforme de un lado a otro, los niños prorrumpieron en un sonoro grito de júbilo, y la propia Infanta se rió tanto que la Camerera se vio obligada a recordarle que, aunque en España había muchos precedentes de una hija del Rey llorando ante sus iguales, no los había de una Princesa de sangre real alegrándose tanto ante quienes eran sus inferiores en nacimiento. El Enano, sin embargo, era realmente irresistible, e incluso en la Corte española, siempre destacada por su cultivada pasión por lo horrible, nunca se había visto un monstruito tan fantástico. Además, era su primera aparición. Había sido descubierto el día anterior, corriendo salvaje por el bosque, por dos de los nobles que casualmente estaban cazando en una parte remota del gran bosque de alcornoques que rodeaba la ciudad, y se lo habían llevado a Palacio como sorpresa para la Infanta; su padre, que era un pobre carbonero, se alegró demasiado de deshacerse de un niño tan feo e inútil. Quizá lo más divertido de él era su completa inconsciencia de su propio aspecto grotesco. De hecho, parecía muy feliz y lleno del mejor de los espíritus. Cuando los niños reían, él reía tan libre y alegremente como cualquiera de ellos, y al final de cada baile les hacía a cada uno la más graciosa de las reverencias, sonriéndoles y saludándoles con la cabeza como si fuera realmente uno de ellos, y no una pequeña cosa deforme que la Naturaleza, en algún humor, había modelado para que otros se burlaran de ella. En cuanto a la Infanta, le fascinaba absolutamente. No podía apartar los ojos de ella, y parecía bailar sólo para ella, y cuando al final de la actuación, recordando cómo había visto a las grandes damas de la Corte lanzar ramos de flores a Caffarelli, el famoso tiple italiano, a quien el Papa había enviado desde su propia capilla a Madrid para que curara la melancolía del Rey con la dulzura de su voz, ella se sacó del pelo la hermosa rosa blanca, y en parte por broma y en parte para burlarse de la Camerera, se la lanzó al otro lado de la arena con su sonrisa más dulce; él se tomó todo el asunto muy en serio, y apretando la flor contra sus ásperos y toscos labios se puso la mano en el corazón, y se arrodilló ante ella, sonriendo de oreja a oreja, y con sus ojillos brillantes chispeando de placer.

Esto alteró tanto la gravedad de la Infanta que siguió riendo mucho después de que el Enanito hubiera salido corriendo de la arena, y expresó a su tío el deseo de que el baile se repitiera inmediatamente. La Camerera, sin embargo, alegando que el sol calentaba demasiado, decidió que sería mejor que su Alteza regresara sin demora a Palacio, donde ya le habían preparado un maravilloso banquete, que incluía una auténtica torta de cumpleaños con sus propias iniciales labradas por todas partes en azúcar pintado y una preciosa bandera de plata ondeando en lo alto. La Infanta se levantó en consecuencia con mucha dignidad, y habiendo dado órdenes de que el enanito volviera a bailar para ella después de la hora de la siesta, y transmitido su agradecimiento al joven Conde de Tierra-Nueva por su encantadora recepción, regresó a sus aposentos, siguiéndole los niños en el mismo orden en que habían entrado.

Ahora bien, cuando el Enanito se enteró de que iba a bailar por segunda vez ante la Infanta, y por orden expresa de ésta, se sintió tan orgulloso que salió corriendo al jardín, besando la rosa blanca en un absurdo éxtasis de placer, y haciendo los más groseros y torpes gestos de deleite.

Las Flores estaban muy indignadas por su atrevimiento de entrometerse en su hermoso hogar, y cuando le vieron hacer cabriolas arriba y abajo por los paseos, y agitar los brazos por encima de la cabeza de una manera tan ridícula, no pudieron contener sus sentimientos por más tiempo.

«Realmente es demasiado feo para que se le permita jugar en donde sea que estemos», gritaron los Tulipanes.

«Debería beber zumo de amapola y dormirse durante mil años», dijeron los grandes lirios escarlata, y se acaloraron y enfadaron.

«¡Es un completo horror!», gritó el Cactus. «Vaya, es retorcido y rechoncho, y su cabeza está completamente desproporcionada con respecto a sus piernas. Realmente me hace sentir pinchazos por todas partes, y si se acerca a mí le picaré con mis espinas».

«Y de hecho se ha quedado con una de mis mejores flores», exclamó el Rosal Blanco. «Yo misma se la di a la Infanta esta mañana, como regalo de cumpleaños, y él se la ha robado». Y ella gritó: «¡Ladrón, ladrón, ladrón!», a voz en cuello.

Incluso los Geranios rojos, que no solían darse aires de grandeza y eran conocidos por tener ellos mismos un gran número de parientes pobres, se encorvaron de disgusto cuando lo vieron, y cuando las Violetas comentaron mansamente que, aunque ciertamente era extremadamente feo, no podía evitarlo, replicaron con bastante justicia que ése era su principal defecto, y que no había razón para que uno admirara a una persona porque fuera incurable; y, de hecho, algunas de las propias Violetas opinaron que la fealdad del Enanito era casi ostentosa, y que habría mostrado mucho mejor gusto si hubiera parecido triste, o al menos pensativo, en lugar de saltar alegremente de un lado a otro y lanzarse en actitudes tan grotescas y tontas.

En cuanto al viejo Reloj de Sol, que era un individuo extremadamente notable, y que una vez le había dado la hora del día nada menos que al mismísimo Emperador Carlos V en persona, estaba tan desconcertado por la aparición del Enanito, que casi se olvidó de marcar dos minutos enteros con su largo dedo sombrío, y no pudo evitar decirle al gran Pavo Real blanco como la leche, que estaba tomando sol en la balaustrada, que todo el mundo sabía que los hijos de los Reyes eran Reyes, y que los hijos de los carboneros eran carboneros, y que era absurdo pretender que no era así; una afirmación con la que el Pavo Real estuvo totalmente de acuerdo, y de hecho gritó: «Ciertamente, ciertamente», con una voz tan alta y áspera, que los peces dorados que vivían en la cuenca de la fresca fuente salpicada sacaron la cabeza fuera del agua, y preguntaron a los enormes Tritones de piedra qué demonios ocurría.

Pero de alguna manera él les caía bien a los Pájaros. Lo habían visto a menudo en el bosque, bailando como un duende tras las hojas que se arremolinan, o agazapado en el hueco de algún viejo roble, compartiendo sus nueces con las ardillas. No les importaba lo más mínimo que fuera feo. Porque, incluso el propio ruiseñor, que cantaba tan dulcemente en los naranjales por la noche que a veces la Luna se inclinaba para escucharlo, no era muy bello de ver después de todo; y, además, él había sido amable con ellos, y durante aquel invierno terriblemente amargo, cuando no había bayas en los árboles, y el suelo estaba tan duro como el hierro, y los lobos habían bajado hasta las mismas puertas de la ciudad en busca de comida, nunca se había olvidado de ellos ni una sola vez, sino que siempre les había dado migajas de su pequeña joroba de pan negro, y había repartido con ellos cualquier pobre desayuno que tuviera.

Así que volaron a su alrededor, rozándole la mejilla con las alas al pasar, y parlotearon entre ellos, y el Enanito estaba tan contento que no pudo evitar mostrarles la hermosa rosa blanca, y decirles que la propia Infanta se la había regalado porque le quería.

Ellos no entendieron ni una sola palabra de lo que decía, pero eso no importaba, pues pusieron la cabeza a un lado y pusieron cara de sabios, que es tanto como entender una cosa, y mucho más fácil.

Los Lagartos también se encapricharon enormemente con él y, cuando se cansó de corretear y se tumbó en la hierba a descansar, jugaron y retozaron a su alrededor y trataron de divertirlo de la mejor manera que pudieron. «No todo el mundo puede ser tan hermoso como una lagartija», exclamaban; «eso sería esperar demasiado. Y, aunque suene absurdo decirlo, en realidad no es tan feo después de todo, siempre que, por supuesto, uno cierre los ojos y no lo mire». Los Lagartos eran extremadamente filosóficos por naturaleza, y a menudo se sentaban a pensar juntos durante horas y horas, cuando no había nada más que hacer, o cuando el tiempo era demasiado lluvioso para salir.

Las Flores, sin embargo, estaban excesivamente molestas por su comportamiento y por el de los pájaros. «Sólo demuestra», dijeron, «el efecto vulgarizador que tienen estas incesantes prisas y vuelos. La gente bien educada siempre se queda exactamente en el mismo sitio, como hacemos nosotras. Nadie nos ha visto nunca saltando arriba y abajo por los paseos, o galopando locamente por la hierba tras las libélulas. Cuando queremos cambiar de aires, mandamos llamar al jardinero, y él nos lleva a otra cama. Esto es digno, y como debe ser. Pero los pájaros y los lagartos no tienen sentido del reposo, y de hecho los pájaros ni siquiera tienen una dirección permanente. Son meros vagabundos como los gitanos, y deberían ser tratados exactamente de la misma manera». Así que levantaron la nariz y pusieron caras altaneras, y se quedaron encantados cuando, al cabo de un rato, vieron al Enanito levantarse de la hierba y dirigirse por la terraza hacia el palacio.

«Sin duda debería permanecer encerrado el resto de su vida natural», dijeron ellas. «Miren su espalda encorvada y sus patas torcidas», y empezaron a reírse a carcajadas.

Pero el Enanito no sabía nada de todo esto. Le gustaban inmensamente los pájaros y los lagartos, y pensaba que las flores eran las cosas más maravillosas de todo el mundo, excepto, por supuesto, la Infanta, pero entonces ella le había regalado la hermosa rosa blanca, y ella le quería, y eso marcaba una gran diferencia. ¡Cómo deseaba haber vuelto con ella! Ella le habría puesto a su derecha, y le habría sonreído, y él nunca se habría separado de su lado, sino que la habría convertido en su compañera de juegos, y le habría enseñado todo tipo de trucos deliciosos. Pues aunque nunca había estado en un palacio, sabía muchas cosas maravillosas. Podía hacer pequeñas jaulas de juncos para que los saltamontes cantaran en ellas, y moldear el largo bambú articulado hasta convertirlo en la pipa que a Pan le encanta oír. Conocía el grito de cada pájaro, y podía llamar a los estorninos desde la copa del árbol, o a la garza desde el mero. Conocía el rastro de cada animal, y podía rastrear a la liebre por sus delicadas huellas, y al jabalí por las hojas pisoteadas. Conocía todas las danzas silvestres, la danza loca en ropas rojas con el otoño, la danza ligera en sandalias azules sobre el maíz, la danza con blancas coronas de nieve en invierno, y la danza de las flores a través de los huertos en primavera. Sabía dónde hacían sus nidos las palomas torcaces, y una vez que un cazador de aves había atrapado a las aves progenitoras, él mismo había criado a las crías y les había construido un pequeño palomar en la hendidura de un olmo desmochado. Eran bastante mansos, y solían alimentarse de sus manos todas las mañanas. A ella le gustarían, y los conejos que correteaban entre los largos helechos, y los arrendajos con sus plumas aceradas y sus picos negros, y los erizos que podían enroscarse en bolas espinosas, y las grandes tortugas sabias que se arrastraban lentamente, sacudiendo la cabeza y mordisqueando las hojas jóvenes. Sí, sin duda ella debía venir al bosque y jugar con él. Le daría su propia camita, y vigilaría por la ventana hasta el amanecer, para asegurarse de que el ganado salvaje con cuernos no le hiciera daño, ni los lobos enjutos se acercaran demasiado a la cabaña. Y al amanecer golpearía los postigos y la despertaría, y saldrían a bailar juntos todo el día. La verdad es que el bosque no era nada solitario. A veces pasaba un Obispo en su mula blanca, leyendo en un libro pintado. A veces, con sus gorros de terciopelo verde y sus cotas de piel de ciervo curtida, pasaban los cetreros, con halcones encapuchados en las muñecas. En la época de la vendimia llegaban los pisadores de uvas, con las manos y los pies de color púrpura, adornados con hiedra brillante y portando pellejos goteantes de vino; y los carboneros se sentaban por la noche alrededor de sus enormes braseros, observando cómo los troncos secos se carbonizaban lentamente en el fuego y asaban castañas en las cenizas, y los ladrones salían de sus cuevas y se divertían con ellos. Una vez, también, había visto una hermosa procesión serpenteando por el largo y polvoriento camino de Toledo. Los monjes iban delante cantando dulcemente, y portando brillantes estandartes y cruces de oro, y luego, con armaduras de plata, cerillas y picas, venían los soldados, y en medio de ellos caminaban tres hombres descalzos, con extraños vestidos amarillos pintados por todas partes con figuras maravillosas, y llevando velas encendidas en las manos. Ciertamente, había mucho que ver en el bosque, y cuando ella se cansara, él encontraría un mullido banco de musgo para ella, o la llevaría en brazos, pues era muy fuerte, aunque sabía que no era alto. Le haría un collar de bayas rojas de mirra, que sería tan bonito como las bayas blancas que llevaba en el vestido, y cuando se cansara de ellas, podría tirarlas y él le encontraría otras. Le traería copas de bellotas y anémonas empapadas de rocío, y diminutas luciérnagas para que fueran estrellas en el oro pálido de su cabello.

Pero ¿dónde estaba ella? preguntó él a la rosa blanca, que no le dio respuesta. Todo el palacio parecía dormido e, incluso donde no se habían cerrado los postigos, se habían echado pesadas cortinas sobre las ventanas para evitar el resplandor. Él deambuló por todas partes buscando algún lugar por el que pudiera entrar, y por fin divisó una pequeña puerta privada que estaba abierta. Se deslizó a través de ella y se encontró en un espléndido salón, mucho más espléndido, temía, que el bosque, había mucho más dorado por todas partes, e incluso el suelo estaba hecho de grandes piedras de colores, encajadas unas en otras formando una especie de dibujo geométrico. Pero la pequeña Infanta no estaba allí, sólo unas maravillosas estatuas blancas que le miraban desde sus pedestales de jaspe, con tristes ojos inexpresivos y labios extrañamente sonrientes.

Al fondo del salón colgaba una cortina ricamente bordada de terciopelo negro, salpicada de soles y estrellas, los adornos favoritos del Rey, y bordada en el color que más le gustaba. ¿Quizá se ocultaba tras ella? En cualquier caso, lo intentaría.

Así que cruzó sigilosamente y la apartó. No; sólo había otra habitación, aunque más bonita, pensó, que la que acababa de dejar. De las paredes colgaba un tapiz verde con muchas figuras forjado con aguja que representaba una cacería, obra de unos artistas flamencos que habían empleado más de siete años en su composición. Antaño había sido la cámara de Jean le Fou, como le llamaban, aquel Rey loco que estaba tan enamorado de la caza, que a menudo había intentado en su delirio montar los enormes caballos encabritados y arrastrar al ciervo sobre el que saltaban los grandes sabuesos, haciendo sonar su cuerno de caza y apuñalando con su daga al pálido ciervo volador. Ahora se utilizaba como sala del consejo, y sobre la mesa central yacían los portafolios rojos de los ministros, estampados con los tulipanes dorados de España y con las armas y emblemas de la casa de Habsburgo.

El Enanito miró maravillado a su alrededor y casi que tuvo miedo de seguir adelante. Los extraños jinetes silenciosos, que galopaban tan rápidamente por los largos claros sin hacer ruido, le parecían esos terribles fantasmas de los que había oído hablar a los carboneros: los Comprachos, que cazan sólo de noche y, si se encuentran con un hombre, lo convierten en cierva y lo persiguen. Pero él pensó en la bonita Infanta, y se armó de valor. Quería encontrarla a solas, y decirle que él también la amaba. Tal vez estuviera en la habitación que estaba más allá.

Corrió por las suaves alfombras moriscas y abrió la puerta. ¡No! Ella tampoco estaba allí. La habitación estaba bastante vacía.

Era un salón del trono, utilizado para la recepción de embajadores extranjeros, cuando el Rey, lo que últimamente no ocurría con frecuencia, consentía en concederles una audiencia personal; el mismo salón en el que, muchos años antes, se habían presentado enviados de Inglaterra para hacer los preparativos del matrimonio de su Reina, entonces una de las soberanas católicas de Europa, con el hijo mayor del Emperador. Las colgaduras eran de cuero cordobés dorado, y una pesada araña dorada con brazos para trescientas luces de cera colgaba del techo blanco y negro. Bajo un gran dosel de tela dorada, en el que los leones y las torres de Castilla estaban bordados en perlas de cultivo, se alzaba el trono propiamente dicho, cubierto con un rico palio de terciopelo negro tachonado de tulipanes plateados y elaboradamente orlado de plata y perlas. En el segundo escalón del trono se ubicaba el reclinatorio de la Infanta, con su cojín de paño de tisú plateado, y debajo de éste, de nuevo, y más allá del límite del dosel, se situaba la silla para el Nuncio papal, que era el único que tenía derecho a sentarse en presencia del Rey con ocasión de cualquier ceremonia pública, y cuyo sombrero cardenalicio, con sus borlas escarlata enredadas, yacía sobre un tabouret púrpura delante del asiento. En la pared, frente al trono, colgaba un retrato de tamaño natural de Carlos V en traje de caza, con un gran mastín a su lado, y un cuadro de Felipe II recibiendo el homenaje de los Países Bajos ocupaba el centro de la otra pared. Entre las ventanas había un gabinete de ébano negro, con incrustaciones de placas de marfil, en el que se habían esculpido las figuras de la Danza de la Muerte de Holbein —de la mano, según algunos, del propio famoso maestro—.

Pero al Enanito no le importaba nada toda esta magnificencia. No habría dado su rosa por todas las perlas del dosel, ni un pétalo blanco de su rosa por el trono mismo. Lo que quería era ver a la Infanta antes de que ella bajara al pabellón, y pedirle que se fuera con él cuando hubiera terminado su baile. Aquí, en el Palacio, el aire estaba encerrado y era pesado, pero en el bosque el viento soplaba libre, y la luz del sol, con manos errantes de oro, movía a un lado las hojas trémulas. También había flores en el bosque, no tan espléndidas, quizá, como las del jardín, pero más dulcemente perfumadas a pesar de todo; jacintos de principios de la primavera que inundaban de ondulante púrpura las frescas cañadas y las lomas cubiertas de hierba; prímulas amarillas que anidaban en pequeños grupos alrededor de las nudosas raíces de los robles; celidonia brillante y verónica azul, e iris lila y dorado. Había amentos grises en los avellanos, y las dedaleras caían con el peso de sus celdillas moteadas de abejas. El castaño tenía sus espirales de estrellas blancas, y el espino sus pálidas lunas de belleza. Sí: ¡seguramente ella vendría si él pudiera encontrarla! Ella vendría con él al hermoso bosque, y durante todo el día él bailaría para su deleite. Una sonrisa iluminó sus ojos ante este pensamiento, y pasó a la habitación contigua.

De todas las habitaciones, ésta era la más luminosa y hermosa. Las paredes estaban cubiertas de un damasco de Lucca con flores rosas, estampado con pájaros y salpicado de delicadas flores de plata; los muebles eran de plata maciza, engalanados con floridas coronas y Cupidos que se columpiaban; delante de las dos grandes chimeneas había grandes biombos bordados con loros y pavos reales, y el suelo, de ónice verde mar, parecía extenderse a lo lejos. Tampoco estaba solo. De pie bajo la sombra de la puerta, en el extremo de la estancia, vio una pequeña figura que le observaba. Su corazón se estremeció, un grito de alegría brotó de sus labios y él se acercó a la luz del sol. Al hacerlo, la figura se acercó también, y él la vio claramente.

¡La Infanta! Era un monstruo, el monstruo más grotesco que jamás había contemplado. No tenía la forma adecuada, como todos los demás, sino que era jorobado y de extremidades torcidas, con una enorme cabeza ladeada y una melena de pelo negro. El Enanito frunció el ceño, y el monstruo también. Se rió, y éste se rió con él, y se llevó las manos a los costados, igual que hacía él mismo. Le hizo una reverencia burlona, y éste le devolvió una baja reverencia. Se dirigió hacia ello, y éste salió a su encuentro, copiando cada paso que daba, y deteniéndose cuando él mismo se detenía. Gritó divertido, y corrió hacia delante, y alargó la mano, y la mano del monstruo tocó la suya, y estaba tan fría como el hielo. Le entró miedo, y movió su mano hacia el otro lado, y la mano del monstruo la siguió rápidamente. Intentó seguir presionando, pero algo liso y duro se lo impidió. El rostro del monstruo estaba ahora cerca del suyo, y parecía lleno de terror. Se apartó el pelo de los ojos. Le imitó. Le golpeó y éste le devolvió golpe por golpe. Lo aborrecía, y éste le hacía muecas horribles. Él retrocedió, y éste retrocedió.

¿De qué se trata? Pensó un momento y miró alrededor, al resto de la habitación. Era extraño, pero todo parecía tener su doble en esta pared invisible de agua clara. Sí, cuadro por cuadro se repetía, y sofá por sofá. El Fauno dormido que yacía en la alcoba junto a la puerta tenía su hermano gemelo que dormitaba, y la Venus plateada que estaba de pie a la luz del sol tendía los brazos a una Venus tan encantadora como ella misma.

¿Era el Eco? Lo había llamado una vez en el valle, y él le había respondido palabra por palabra. ¿Podría él burlarse del ojo, como se burló de la voz? ¿Podría él hacer un mundo mímico igual que el mundo real?

¿Podrían las sombras de las cosas tener color y vida y movimiento? ¿Podría ser que...?

Se sobresaltó, y sacando de su pecho la hermosa rosa blanca, se dio la vuelta y la besó. El monstruo tenía una rosa propia, ¡pétalo por pétalo igual! La besó con besos semejantes, y la apretó contra su corazón con gestos horribles.

Cuando cayó en la cuenta de la verdad, él lanzó un grito salvaje de desesperación y cayó sollozando al suelo. Así que era él quien estaba deforme y era jorobado, de aspecto repugnante y grotesco. Él mismo era el monstruo, y era de él de quien todos los niños se habían estado riendo, y la Princesita que él había creído que le amaba... ella también se había limitado a burlarse de su fealdad y a alegrarse a causa de sus miembros retorcidos. ¿Por qué no lo habían dejado en el bosque, donde no había ningún espejo que le dijera lo repugnante que era? ¿Por qué su padre no lo había matado, en lugar de venderlo a su vergüenza? Las lágrimas calientes se derramaron por sus mejillas, y rompió la rosa blanca en pedazos. El monstruo desparramado hizo lo mismo y esparció los tenues pétalos por el aire. Se arrastró por el suelo y, cuando lo miró, lo observó con el rostro dibujado por el dolor. Se arrastró, para que no lo viera, y se cubrió los ojos con las manos. Se arrastró, como una cosa herida, hacia la sombra, y se quedó allí gimiendo.

Y en ese momento entró la Infanta en persona con sus acompañantes por la ventana abierta, y cuando vieron al feo enanito tendido en el suelo y golpeando el suelo con las manos apretadas, de la manera más fantástica y exagerada, prorrumpieron en gritos de risa alegre, y se quedaron de pie a su alrededor observándole.

«Su baile fue divertido,» dijo la Infanta; «pero su actuación es aún más divertida. De hecho, es casi tan bueno como las marionetas, sólo que, por supuesto, no es tan natural». Y agitó su gran abanico y aplaudió.

Pero el Enanito no levantó la vista, y sus sollozos se hicieron cada vez más débiles, y de repente dio un curioso grito ahogado y se agarró el costado. Luego volvió a caer y se quedó inmóvil.

«Eso es capital», dijo la Infanta, tras una pausa; «pero ahora debes bailar para mí».

«Sí», gritaron todos los niños, «debes levantarte y bailar, porque eres tan listo como los monos de Berbería, y mucho más ridículo». Pero el Enanito no respondió.

Y la Infanta dio un pisotón y llamó a su tío, que paseaba por la terraza con el Chambelán, leyendo unos despachos que acababan de llegar de México, donde hacía poco se había establecido el Santo Oficio. «Mi gracioso enano está enfurruñado», gritó ella, «debes despertarlo, y decirle que baile para mí».

Se sonrieron y entraron, y Don Pedro se agachó y le dio una palmada en la mejilla al Enano con su guante bordado. «Debes bailar», dijo, *«petit monstre.* Debes bailar. La Infanta de España y de las Indias desea divertirse».

Pero el Enanito no se movió.

«Habría que mandar llamar a un maestro azotador», dijo Don Pedro con cansancio, y volvió a la terraza. Pero el Chambelán tenía el rostro grave, y se arrodilló junto al enanito, y le puso la mano en el corazón. Y al cabo de unos instantes se encogió de hombros, se levantó y, tras hacer una baja reverencia a la Infanta, dijo:

«Mi bella Princesa, su gracioso enanito no volverá a bailar. Es una lástima, pues es tan feo que podría haber hecho sonreír al Rey».

«¿Pero, por qué no volverá a bailar?», preguntó la Infanta, riendo.

«Porque tiene el corazón roto», respondió el Chambelán.

Y la Infanta frunció el ceño, y sus delicados labios de hoja de rosa se curvaron con bonito desdén. «En el futuro, que los que vengan a jugar conmigo no tengan corazón», gritó ella, y salió corriendo al jardín.

El Pescador y su Alma

Todas las tardes, el joven Pescador salía al mar y echaba sus redes al agua.

Cuando el viento soplaba desde tierra no pescaba nada, o muy poco en el mejor de los casos, pues era un viento amargo y de alas negras, y las olas embravecidas se levantaban para hacerle frente. Pero cuando el viento soplaba hacia la orilla, los peces llegaban de las profundidades y nadaban en las mallas de sus redes, y él los llevaba al mercado y los vendía.

Todas las tardes salía al mar, y una noche la red pesaba tanto que apenas podía subirla a la barca. Se rió y se dijo: «Seguro que he pescado todos los peces que nadan, o atrapado algún monstruo aburrido que será una maravilla para los hombres, o alguna cosa de horror que la gran Reina deseará», y usando toda su fuerza, tiró de las toscas cuerdas hasta que, como líneas de esmalte azul alrededor de un jarrón de bronce, las largas venas se alzaron en sus brazos. Tiró de las cuerdas finas, y cada vez más cerca llegó el círculo de corchos planos, y la red se elevó por fin hasta la parte superior del agua.

Pero en ella no había ningún pez, ni ningún monstruo o cosa de horror, sino sólo una Sirenita que yacía profundamente dormida.

Su cabello era como un vellón húmedo de oro, y cada cabello por separado como un hilo de oro fino en una copa de cristal. Su cuerpo era como marfil blanco, y su cola era de plata y perla. Plata y perla era su cola, y las verdes hierbas del mar se enroscaban a su alrededor; y como conchas de mar eran sus orejas, y sus labios eran como corales marinos. Las frías olas golpeaban sus fríos pechos, y la sal brillaba sobre sus párpados.

Tan hermosa era que cuando el joven Pescador la vio se llenó de asombro, extendió la mano y se acercó la red, e inclinándose sobre la borda la estrechó entre sus brazos. Y cuando la tocó, ella lanzó un grito como el de una gaviota asustada, y se despertó, y le miró aterrorizada con sus ojos de color malva amatista, y forcejeó para poder escapar. Pero él la estrechó contra sí y no permitió que se marchara.

Al ver que no podía escapar de él de ninguna manera, se echó a llorar y dijo: «Te ruego que me dejes ir, pues soy la única hija de un rey y mi padre es anciano y está solo».

Pero el joven Pescador respondió: «No te dejaré marchar a menos que me hagas la promesa de que siempre que te llame vendrás a cantar para mí, pues a los peces les encanta escuchar el canto de la gente del mar, y así mis redes estarán llenas».

«¿En verdad me dejarás ir, si te prometo esto?», gritó la Sirena.

«En verdad te dejaré ir», dijo el joven Pescador.

Entonces ella le hizo la promesa que él deseaba, y se la juró con el juramento de la Gente del Mar. Y él aflojó sus brazos de alrededor de ella, y ella se hundió en el agua, temblando con un miedo extraño.

Todas las tardes, el joven Pescador salía al mar y llamaba a la Sirena, y ella salía del agua y le cantaba. A su alrededor nadaban los delfines, y las gaviotas salvajes giraban sobre su cabeza.

Y ella cantaba una canción maravillosa. Porque ella cantaba de la Gente del Mar que conduce sus rebaños de cueva en cueva, y lleva a los pequeños terneros sobre sus hombros; de los Tritones que tienen largas barbas verdes, y pechos peludos, y soplan a través de caracolas retorcidas cuando el Rey pasa; del palacio del Rey que es todo de ámbar, con un techo de esmeralda clara, y un pavimento de perla brillante; y de los jardines del mar donde los grandes abanicos de filigrana de coral ondean todo el día, y los peces se lanzan como pájaros de plata, y las anémonas se aferran a las rocas, y las rosas borbotean en la arena amarilla acanalada. Cantaba de las grandes ballenas que bajan de los mares del norte y tienen afilados carámbanos colgando de sus aletas; de las Sirenas que cuentan cosas tan maravillosas que los mercaderes tienen que taparse los oídos con cera para no oírlas, saltar al agua y ahogarse; de las galeras hundidas con sus altos mástiles, y de los marineros congelados que se aferran a las jarcias, y de las caballas que entran y salen nadando por los portillos abiertos; de los pequeños percebes que son grandes viajeros, y se aferran a las quillas de los barcos y dan vueltas y vueltas por el mundo; y de las sepias que viven en los costados de los acantilados y extienden sus largos brazos negros, y pueden hacer que llegue la noche cuando ellas quieren. Habló de los nautilos que tienen su propio barco tallado en un ópalo y gobernado con una vela de seda; de los felices Tritones que tocan el arpa y pueden hacer dormir al gran Kraken; de los niños que se agarran a las resbaladizas marsopas y cabalgan riendo sobre sus lomos; de las Sirenas que yacen en la espuma blanca y tienden sus brazos a los marineros; y de los leones marinos con sus colmillos curvados y los caballos de mar con sus crines flotantes.

Y mientras cantaba, todos los atunes venían de las profundidades para escucharla, y el joven Pescador lanzaba sus redes alrededor de ellos y los atrapaba, y a otros los cogía con una lanza. Y cuando su barca estaba bien cargada, la Sirena se hundía en el mar, sonriéndole.

Sin embargo, ella nunca se acercaba a él para que pudiera tocarla. A menudo él la llamaba y le rogaba, pero ella no quería; y cuando él intentaba cogerla, ella se zambullía en el agua como se zambulle una foca, y aquel día no volvía a verla. Y cada día el sonido de la voz de ella se hacía más dulce a sus oídos. Tan dulce era su voz que él olvidó sus redes y su astucia, y no tuvo cuidado de su embarcación. De aletas bermellón y ojos de oro mandón, los atunes pasaban en bancos, pero él no les prestaba atención. Su lanza yacía a su lado sin usar, y sus cestas de mimbre trenzado estaban vacías. Con los labios entreabiertos y los ojos oscurecidos por el asombro, se sentó ocioso en su barca y escuchó, escuchó hasta que las brumas marinas se deslizaron a su alrededor y la luna errante tiñó de plata sus miembros morenos.

Y una noche la llamó y le dijo: «Sirenita, Sirenita, te amo. Tómame por tu novio, porque te amo».

Pero la Sirena sacudió la cabeza. «Tienes un alma humana», respondió ella. «Si tan sólo enviaras lejos tu alma, entonces yo podría amarte».

Y el joven Pescador se dijo: «¿De qué me sirve mi alma? No puedo verla. No puedo tocarla. No la conozco. Seguramente la enviaré lejos de mí, y mucha será mi alegría». Y un grito de alegría brotó de sus labios, y poniéndose de pie en la barca pintada, tendió los brazos a la Sirena. «Enviaré mi alma lejos», gritó, «y tú serás mi novia, y yo seré tu novio, y en la profundidad del mar moraremos juntos, y todo aquello de lo que has cantado me lo mostrarás, y todo lo que desees yo lo haré, y nuestras vidas no serán divididas».

Y la Sirenita rió de placer y escondió la cara entre las manos.

«¿Pero cómo enviaré mi alma lejos de mí?», gritó el joven Pescador. «Dime cómo puedo hacerlo, y ¡he aquí! se hará».

«¡Ay! No lo sé», dijo la Sirenita: «la Gente del Mar no tiene alma». Y se hundió en las profundidades, mirándolo con nostalgia.

A la mañana siguiente, temprano, antes de que el sol tuviera la envergadura de la mano de un hombre por encima de la colina, el joven Pescador fue a la casa del Sacerdote y llamó tres veces a la puerta.

El novicio miró a través de la verja y, cuando vio de quién se trataba, echó el pestillo hacia atrás y le dijo: «Entra».

Y el joven Pescador entró y se arrodilló sobre los juncos de olor dulce del suelo y gritó al sacerdote que leía en el Libro Sagrado y le dijo: «Padre, estoy enamorado de una de las Gentes del Mar y mi alma me impide tener mi deseo. Dime cómo puedo alejar mi alma de mí, pues en verdad no tengo necesidad de ella. ¿Qué valor tiene mi alma para mí? No puedo verla. No puedo tocarla. No la conozco».

El Sacerdote se golpeó el pecho y respondió: «¡Ay, ay! Estás loco o has comido alguna hierba venenosa, pues el alma es la parte más noble del hombre y nos fue dada por Dios para que la usáramos noblemente. No hay cosa más preciosa que un alma humana, ni cosa terrenal que pueda compararse en su peso. Vale todo el oro que hay en el mundo, y es más preciosa que los rubíes de los reyes. Por lo tanto, hijo mío, no pienses más en este asunto, pues es un pecado que no puede ser perdonado. Y en cuanto a la Gente del Mar, están perdidos, y los que quieren traficar con ella también. Ellos son como las bestias del campo que no distinguen el bien del mal, y por ellos no ha muerto el Señor».

Los ojos del joven Pescador se llenaron de lágrimas al oír las amargas palabras del Sacerdote, se levantó de sus rodillas y le dijo: «Padre, los Faunos viven en el bosque y están alegres, y sobre las rocas se sientan los Tritones con sus arpas de oro rojo. Déjame ser como ellos, te lo suplico, pues sus días son como los días de las flores. Y en cuanto a mi alma, ¿de qué me sirve si se interpone entre yo y lo que amo?».

«El amor al cuerpo es vil», gritó el Sacerdote, frunciendo las cejas, «y viles y malvadas son las cosas paganas que Dios permite que vaguen por Su mundo. ¡Malditos sean los Faunos del bosque, y malditos sean los cantores del mar! Los he oído por la noche, y han tratado de apartarme de las cuentas de mi Rosario. Golpean la ventana y se ríen. Susurran a mis oídos el cuento de sus peligrosas alegrías. Me tientan con tentaciones, y cuando quiero rezar me hacen muecas. Están perdidos, te digo, están perdidos. Para ellos no hay cielo ni infierno, y en ninguno alabarán el nombre de Dios».

«Padre», gritó el joven Pescador, «no sabes lo que dices. Una vez atrapé en mi red a la hija de un Rey. Es más bella que el lucero del alba y más blanca que la luna. Por su cuerpo daría mi alma, y por su amor entregaría el cielo. Dime lo que te pido y déjame ir en paz».

«¡Fuera! Fuera!», gritó el Sacerdote: «tu mujer se ha perdido, y tú te perderás con ella».

Y no le dio ninguna bendición, sino que lo echó de su puerta.

Y el joven Pescador bajó a la plaza del mercado, y caminaba despacio y con la cabeza inclinada, como quien está apenado.

Cuando los mercaderes le vieron llegar, empezaron a cuchichear entre ellos, y uno de ellos salió a su encuentro, le llamó por su nombre y le dijo: «¿Qué tienes para vender?».

«Te venderé mi alma», respondió él. «Te ruego que me la compres, pues estoy cansado de ella. ¿De qué me sirve mi alma? No puedo verla. No puedo tocarla. No la conozco».

Pero los mercaderes se burlaron de él y dijeron: «¿De qué nos sirve el alma de un hombre? No vale ni una pieza de plata rota. Véndenos tu cuerpo como un esclavo y te vestiremos de púrpura marino, te pondremos un anillo en el dedo y te haremos siervo de la gran Reina. Pero no hables del alma, pues para nosotros no es nada, ni tiene valor alguno para nuestro servicio».

Y el joven Pescador se dijo: «¡Qué cosa tan extraña es ésta! El Sacerdote me dice que el alma vale todo el oro del mundo, y los mercaderes dicen que no vale ni una pieza de plata rota». Y él salió de la plaza del mercado, bajó a la orilla del mar y se puso a meditar sobre lo que debía hacer.

Y al mediodía recordó cómo uno de sus compañeros, que era recolector de hinojo marino, le había hablado de cierta joven Bruja que habitaba en una cueva en la cabecera de la bahía y era muy astuta en sus brujerías. Se puso en marcha y echó a correr, tan ansioso estaba por deshacerse de su alma, y una nube de polvo le siguió mientras corría por la arena de la orilla. Por el picor de su palma, la joven Bruja supo de su llegada, y se rió y soltó su roja cabellera. Con sus cabellos rojos cayendo a su alrededor, se paró en la entrada de la cueva, y en su mano tenía una rama de cicuta silvestre que estaba floreciendo.

«¿Qué te falta? ¿Qué te falta?», gritó ella, cuando él subió jadeante por la cuesta y se inclinó ante ella. «¿Peces para tu red, cuando el viento es fétido? Tengo una pequeña caña de pescar, y cuando soplo en ella los salmonetes llegan navegando a la bahía. Pero tiene un precio, bonito, tiene un precio. ¿Qué te falta? ¿Qué te falta? ¿Una tormenta que haga naufragar los barcos y arrastre a tierra los cofres de ricos tesoros? Yo tengo más tormentas que el viento, pues sirvo a uno que es más fuerte que el viento, y con un colador y un cubo de agua puedo enviar las grandes galeras al fondo del mar. Pero tengo un precio, bonito, tengo un precio. ¿Qué te falta? ¿Qué te falta? Conozco una flor que crece en el valle, nadie la conoce salvo yo. Tiene hojas púrpuras y una estrella en el corazón, y su jugo es blanco como la leche. Si tocaras con esta flor los duros labios de la Reina, ella te seguiría por todo el mundo. Del lecho del Rey se levantaría, y por todo el mundo te seguiría. Y tiene un precio, bonito, tiene un precio. ¿Qué te falta? ¿Qué te falta? Puedo machacar un sapo en un mortero, y hacer caldo con él, y remover el caldo con la mano de un muerto. Rocíalo sobre tu enemigo mientras duerme, y se convertirá en una víbora negra, y su propia madre lo matará. Con una rueda puedo atraer a la Luna del cielo, y en un cristal puedo mostrarte a la Muerte. ¿Qué te falta? ¿Qué te falta? Dime tu deseo y te lo daré, y me pagarás un precio, bonito, me pagarás un precio».

«Mi deseo no es más que por una pequeña cosa», dijo el joven Pescador, «sin embargo, el Sacerdote se ha ensañado conmigo y me ha echado. No es más que por una pequeña cosa, y los mercaderes se han burlado de mí, y me han negado. Por eso he venido a ti, aunque los hombres te llamen malvada, y cualquiera que sea tu precio lo pagaré».

«¿Qué quieres?», preguntó la Bruja, acercándose a él.

«Enviar mi alma lejos de mí», respondió el joven Pescador.

La bruja palideció, se estremeció y ocultó el rostro en su manto azul. «Bonito, bonito», murmuró ella, «eso es algo terrible».

Él se sacudió los rizos castaños y se echó a reír. «Mi alma no es nada para mí», respondió. «No puedo verla. No puedo tocarla. No la conozco».

«¿Qué me darás si te lo digo?», preguntó la Bruja, mirándole con sus hermosos ojos.

«Cinco piezas de oro», dijo él, «y mis redes, y la casa almenada donde vivo, y la barca pintada en la que navego. Sólo dime cómo librarme de mi alma y te daré todo lo que poseo».

Ella se rió burlonamente de él y le golpeó con el rocío de cicuta. «Puedo convertir las hojas de otoño en oro», respondió, «y puedo tejer los pálidos rayos de luna en plata si lo deseo. Aquel a quien sirvo es más rico que todos los reyes de este mundo y posee sus dominios».

«¿Qué te daré entonces», gritó él, «si tu precio no es ni oro ni plata?».

La Bruja le acarició el pelo con su fina mano blanca. Debes bailar conmigo, bonito», murmuró ella, y le sonrió mientras hablaba.

«¿Nada más que eso?», gritó asombrado el joven Pescador y se puso en pie.

«Nada más que eso», respondió ella, y volvió a sonreírle.

«Entonces, al atardecer, en algún lugar secreto, bailaremos juntos», dijo él, «y después de que hayamos bailado me dirás lo que deseo saber».

Ella sacudió la cabeza. «Cuando haya luna llena, cuando haya luna llena», murmuró. Luego miró a su alrededor y escuchó. Un pájaro azul se levantó gritando de su nido y voló en círculos sobre las dunas, y tres pájaros moteados crujieron entre la áspera hierba gris y se silbaron entre sí. No había ningún otro sonido salvo el de una ola que agitaba los guijarros lisos de abajo. Entonces ella extendió la mano, lo acercó a ella y acercó sus labios secos a su oído.

«Esta noche debes venir a la cima de la montaña», susurró ella. «Es Sábado, y Él estará allí».

El joven Pescador se sobresaltó y la miró, y ella mostró sus blancos dientes y se echó a reír. «¿Quién es Aquel de quien hablas?», preguntó él.

«No importa», respondió ella. «Ve tú esta noche, y quédate bajo las ramas del carpe, y espera mi llegada. Si un perro negro corre hacia ti, golpéalo con una vara de sauce y se irá. Si un búho te habla, no le respondas. Cuando haya luna llena estaré contigo y bailaremos juntos sobre la hierba».

«Pero, ¿jurarías decirme cómo puedo alejar mi alma de mí?», preguntó él.

Ella salió a la luz del sol, y a través de su pelo rojo onduló el viento. «Por las pezuñas de la cabra, lo juro», respondió.

«Tú eres la mejor de las brujas», gritó el joven Pescador, «y sin duda bailaré contigo esta noche en la cima de la montaña. Ojalá me hubieras pedido oro o plata. Pero tal como es tu precio lo tendrás, pues no es más que una pequeña cosa». Y él se quitó la gorra ante ella, agachó la cabeza y corrió de vuelta al pueblo lleno de una gran alegría.

Y la Bruja lo observó mientras se iba, y cuando hubo desaparecido de su vista entró en su cueva, y habiendo sacado un espejo de una caja de madera de cedro tallada, lo colocó sobre un marco, y quemó verbena sobre carbón encendido ante él, y miró a través de las espirales del humo. Y al cabo de un rato apretó las manos con rabia. «Debería haber sido mío», murmuró, «soy tan bella como ella».

Y aquella tarde, cuando la luna había salido, el joven Pescador subió a la cima de la montaña y se quedó bajo las ramas del carpe. Como una tarja de metal pulido, el mar redondo yacía a sus pies, y las sombras de los barcos pesqueros se movían en la pequeña bahía. Un gran búho, de ojos amarillos sulfurosos, le llamó por su nombre, pero él no le respondió. Un perro negro corrió hacia él y gruñó. Lo golpeó con una vara de sauce y se alejó gimoteando.

A medianoche las brujas vinieron volando por el aire como murciélagos. «¡Uf!», gritaron, mientras se posaban en el suelo, «¡hay alguien aquí a quien no conocemos!», y husmearon, parlotearon entre ellas e hicieron señas. La última de todas fue la joven Bruja, con su pelo rojo ondeando al viento. Llevaba un vestido de tisú dorado bordado con ojos de pavo real, y en la cabeza un gorrito de terciopelo verde.

«¿Dónde está, dónde está?», chillaron las brujas cuando la vieron, pero ella sólo se rió, corrió hacia el carpe y, cogiendo al Pescador de la mano, lo sacó a la luz de la luna y se puso a bailar.

Dieron vueltas y vueltas, y la joven Bruja saltó tan alto que él pudo ver los tacones escarlata de sus zapatos. Entonces, al otro lado de las bailarinas llegó el sonido del galope de un caballo, pero no se veía ningún caballo, y él sintió miedo.

«¡Más rápido!», gritó la Bruja, y le echó los brazos al cuello, y su aliento caliente le dio en la cara. «¡Más rápido, más rápido!», gritó ella, y la tierra pareció girar bajo sus pies, y su cerebro se perturbó, y un gran terror se apoderó de él, como si alguna cosa maligna le observara, y al fin se dio cuenta de que bajo la sombra de una roca había una figura que no había estado allí antes.

Era un hombre vestido con un traje de terciopelo negro, cortado a la moda española. Su rostro estaba extrañamente pálido, pero sus labios eran como una orgullosa flor roja. Parecía cansado, y estaba reclinado hacia atrás jugueteando de forma lánguida con el pomo de su daga. Sobre la hierba, a su lado, yacían un sombrero emplumado y un par de guantes de montar con guanteletes de encaje dorado y cosidos con perlas de cultivo formando un curioso dibujo. Una capa corta forrada de martas colgaba de su hombro, y sus delicadas manos blancas estaban engastadas con anillos. Unos pesados párpados caían sobre sus ojos.

El joven Pescador le observaba, como quien queda atrapado en un hechizo. Por fin sus miradas se encontraron, y donde sea que bailara le parecía que los ojos del hombre estaban sobre él. Oyó reír a la Bruja, la agarró por la cintura y la hizo girar enloquecidamente.

De repente, un perro aulló en el bosque y los bailarines se detuvieron y, subiendo de dos en dos, se arrodillaron y besaron las manos del hombre. Mientras lo hacían, una pequeña sonrisa tocó sus orgullosos labios, como el ala de un pájaro toca el agua y la hace reír. Pero había desdén en ella. No dejaba de mirar al joven Pescador.

«¡Ven! adoremos», susurró la Bruja, y lo condujo hacia arriba, y un gran deseo de hacer lo que ella le pedía se apoderó de él, y la siguió. Pero cuando estuvo cerca, y sin saber por qué lo hacía, se hizo en el pecho la señal de la Cruz, e invocó el santo nombre.

Apenas lo hubo hecho, las brujas gritaron como halcones y echaron a volar, y el rostro pálido que le había estado observando se crispó con un espasmo de dolor. El hombre se acercó a un pequeño bosque y silbó. Un caballo Genet d'Espagne con adornos plateados salió corriendo a su encuentro. Mientras saltaba sobre la silla de montar, se dio la vuelta y miró con tristeza al joven Pescador.

Y la Bruja pelirroja intentó salir volando también, pero el Pescador la agarró por las muñecas y la retuvo.

«Suéltame», gritó ella, «y déjame ir. Porque has nombrado lo que no debe ser nombrado, y has mostrado el signo que no debe ser mirado».

«No», respondió él, «no te dejaré marchar hasta que me hayas contado el secreto».

«¿Qué secreto?», dijo la Bruja, forcejeando con él como un gato salvaje y mordiéndose los labios salpicados de espuma.

«Tú lo sabes», respondió él.

Sus ojos verdes como la hierba se oscurecieron por las lágrimas y le dijo al Pescador: «¡Pídeme cualquier cosa menos eso!».

Él se rió y la abrazó con más fuerza.

Y cuando vio que no podía liberarse, le susurró: «Ciertamente soy tan bella como las hijas del mar y tan hermosa como las que habitan en las aguas azules», y lo aduló y acercó su rostro al suyo.

Pero él la empujó hacia atrás frunciendo el ceño y le dijo: «Si no cumples la promesa que me hiciste, te mataré por falsa bruja».

Ella se puso gris como una flor del árbol de Judas y se estremeció. «Que así sea», murmuró ella. «Es tu alma y no la mía. Haz con ella lo que quieras». Y sacó de su faja un pequeño cuchillo que tenía un mango de piel de víbora verde y se lo dio.

«¿De qué me servirá esto?», le preguntó él, maravillado.

Ella permaneció en silencio unos instantes y una expresión de terror se dibujó en su rostro. Luego se apartó el pelo de la frente y, sonriendo extrañamente, le dijo: «Lo que los hombres llaman la sombra del cuerpo no es la sombra del cuerpo, sino que es el cuerpo del alma. Párate en la orilla del mar de espaldas a la luna y corta alrededor de tus pies tu sombra, que es el cuerpo de tu alma, y ordénale a tu alma que te abandone, y así lo hará».

El joven Pescador temblaba. «¿Es eso cierto?», murmuró él.

«Es cierto, y ojalá no te lo hubiera contado», gritó ella, y se aferró a sus rodillas llorando.

Él la apartó y la dejó en la hierba rala y dirigiéndose al borde de la montaña se colocó el cuchillo en el cinturón y comenzó a descender.

Y su Alma que estaba dentro de él lo llamó y le dijo: «¡He aquí que he morado contigo todos estos años y he sido tu sierva! No me alejes ahora de ti, pues ¿qué mal te he hecho?».

Y el joven Pescador se rió. «No me has hecho ningún mal, pero no te necesito», respondió él. «El mundo es ancho, y también está el Cielo, y el Infierno, y esa tenue casa crepuscular que hay entre ambos. Ve adonde quieras, pero no me molestes, pues mi amor me llama».

Y su Alma le suplicó lastimosamente, pero él no le hizo caso, sino que saltó de peñasco en peñasco, con pies seguros como una cabra salvaje, y al fin llegó a la tierra llana y a la orilla amarilla del mar.

Bronceado y bien ceñido, como una estatua forjada por un griego, estaba de pie sobre la arena de espaldas a la luna, y de la espuma surgían brazos blancos que le hacían señas, y de las olas surgían formas tenues que le rendían homenaje. Delante de él estaba su sombra, que era el cuerpo de su alma, y detrás de él colgaba la luna en el aire, color miel.

Y su Alma le dijo: «Si en verdad debes alejarme de ti, no me envíes sin corazón. El mundo es cruel, dame tu corazón para que lo lleve conmigo».

Él sacudió la cabeza y sonrió. «¿Con qué debería amar a mi amor si te diera mi corazón?», gritó él.

«No, pero ten piedad», dijo su Alma: «dame tu corazón, porque el mundo es muy cruel y tengo miedo».

«Mi corazón es de mi amor», respondió él, «por lo tanto no te quedes, sino vete».

«¿No debería amar yo también?», preguntó su Alma.

«Vete, pues no te necesito», gritó el joven Pescador, y cogió el pequeño cuchillo con el mango de piel de víbora verde y cortó la sombra que le rodeaba los pies, y ésta se levantó y se puso delante de él y le miró, y era igual a él.

Él retrocedió sigilosamente y se introdujo el cuchillo en el cinturón, y un sentimiento de temor se apoderó de él. «Vete», murmuró, «y no me dejes ver más tu rostro».

«No, debemos encontrarnos de nuevo», dijo el Alma. Su voz era grave y aflautada, y sus labios apenas se movían mientras hablaba.

«¿Cómo nos encontraremos?», gritó el joven Pescador. «¿No me seguirás a las profundidades del mar?».

«Una vez al año vendré a este lugar y te llamaré», dijo el Alma. «Puede ser que tengas necesidad de mí».

«¿Qué necesidad tengo de ti?», gritó el joven Pescador, «pero haz lo que quieras», y se zambulló en las aguas y los Tritones hicieron sonar sus cuernos y la Sirenita se levantó a su encuentro, le echó los brazos al cuello y le besó en la boca.

Y el Alma se quedó en la playa solitaria y los observó. Y cuando se hubieron hundido en el mar, se alejó llorando por las marismas.

Al cabo de un año, el Alma bajó a la orilla del mar y llamó al joven Pescador, que se levantó de las profundidades y le dijo: «¿Por qué me llamas?».

Y el Alma respondió: «Acércate para que pueda hablar contigo, porque he visto cosas maravillosas».

Así que él se acercó y se tumbó en el agua poco profunda, apoyó la cabeza en la mano y escuchó.

Y el Alma le dijo: «Cuando te dejé volví mi rostro hacia el Este y viajé. Del Este viene todo lo que es sabio. Seis días viajé y en la mañana del séptimo día llegué a una colina que está en el país de los tártaros. Me senté a la sombra de un tamarisco para refugiarme del sol. La tierra estaba seca y abrasada por el calor. La gente iba y venía por la llanura como moscas que se arrastran sobre un disco de cobre pulido.

«Cuando era mediodía, una nube de polvo rojo se elevó desde el borde llano de la tierra. Cuando los tártaros la vieron, enarbolaron sus arcos pintados y, tras saltar sobre sus pequeños caballos, galoparon a su encuentro. Las mujeres huyeron gritando hacia los carromatos y se escondieron tras las cortinas de fieltro.

«Al anochecer regresaron los tártaros, pero faltaban cinco de ellos, y de los que volvieron no pocos habían sido heridos. Enjaezaron sus caballos a los carros y se alejaron apresuradamente. Tres chacales salieron de una cueva y se asomaron tras ellos. Luego olfatearon el aire con sus fosas nasales y salieron trotando en dirección opuesta.

«Cuando salió la luna vi una hoguera ardiendo en la llanura y me dirigí hacia ella. Una compañía de mercaderes estaba sentada a su alrededor sobre alfombras. Sus camellos estaban en piquetes detrás de ellos, y los negros, que eran sus sirvientes, estaban levantando tiendas de piel curtida sobre la arena, y haciendo un alto muro de opuntia.

«Cuando me acerqué a ellos, el jefe de los mercaderes se levantó, desenvainó su espada y me preguntó por mis asuntos.

«Le contesté que era un Príncipe en mi propia tierra y que había escapado de los tártaros, que habían intentado convertirme en su esclavo. El jefe sonrió y me mostró cinco cabezas sujetas sobre largas cañas de bambú.

«Entonces me preguntó quién era el profeta de Dios y le respondí que Mahoma.

«Cuando oyó el nombre del falso profeta, se inclinó, me tomó de la mano y me colocó a su lado. Un negro me trajo leche de yegua en un plato de madera, y un trozo de carne de cordero asada. Al amanecer emprendimos nuestro viaje. Yo cabalgaba en un camello pelirrojo al lado del jefe, y un corredor corría delante de nosotros llevando una lanza. Los hombres de guerra iban a cada lado, y las mulas nos seguían con la mercancía. Había cuarenta camellos en la caravana y las mulas eran el doble de cuarenta.

«Pasamos del país de los tártaros al país de los que maldicen la Luna. Vimos a los Grifos guardando su oro en las rocas blancas, y a los Dragones escamosos durmiendo en sus cuevas. Al pasar sobre las montañas contuvimos la respiración por si las nieves caían sobre nosotros, y cada hombre se ató un velo de gasa ante los ojos. Mientras atravesábamos los valles, los Pigmeos nos disparaban flechas desde los huecos de los árboles, y por la noche oíamos a los salvajes tocar sus tambores. Cuando llegamos a la Torre de los Monos les pusimos frutas delante, y no nos hicieron daño. Cuando llegamos a la Torre de las Serpientes les dimos leche caliente en cuencos de bronce, y nos dejaron pasar. Tres veces en nuestro viaje llegamos a orillas del Oxus. Lo cruzamos en balsas de madera con grandes vejigas de piel soplada. Los caballos del río se ensañaron con nosotros y trataron de matarnos. Cuando los camellos los vieron temblaron.

«Los reyes de cada ciudad nos cobraban peaje, pero no nos permitían entrar por sus puertas. Nos arrojaban pan por encima de las murallas, pequeñas tortas de maíz cocidas en miel y tortas de harina fina rellenas de dátiles. Por cada cien cestas les dimos una cuenta de ámbar.

«Cuando los habitantes de las aldeas nos vieron llegar, envenenaron los pozos y huyeron a las cumbres de las colinas. Luchamos con los *magadíes* que nacen viejos, y cada año son más jóvenes, y mueren cuando son niños pequeños; y con los *laktroi* que dicen que son hijos de tigres, y se pintan de amarillo y negro; y con los *aurantes* que entierran a sus muertos en las copas de los árboles, y ellos mismos viven en oscuras cavernas no sea que el Sol, que es su dios, los mate; y con los *krimnians* que adoran a un cocodrilo, y le dan pendientes de cristal verde, y lo alimentan con mantequilla y aves frescas; y con los *agazonbaes*, que tienen cara de perro; y con los *sibans*, que tienen patas de caballo, y corren más rápido que los caballos. Un tercio de nuestra compañía murió en la batalla, y otro tercio murió de necesidad. El resto murmuró contra mí y dijo que les había traído mala fortuna. Cogí una víbora cornuda de debajo de una piedra y dejé que me picara. Cuando vieron que no enfermaba, se asustaron.

«En el cuarto mes llegamos a la ciudad de Illel. Era de noche cuando llegamos al bosquecillo que hay fuera de las murallas, y el aire era bochornoso, pues la Luna viajaba en Escorpión. Cogimos las granadas maduras de los árboles, las rompimos y bebimos sus dulces jugos. Luego nos tumbamos sobre nuestras alfombras y esperamos el amanecer.

«Y al amanecer nos levantamos y llamamos a la puerta de la ciudad. Era de bronce rojo y estaba tallada con dragones marinos y dragones con alas. Los guardias nos miraron desde las almenas y nos preguntaron nuestros asuntos. El intérprete de la caravana respondió que veníamos de la isla de Siria con muchas mercancías. Tomaron rehenes y nos dijeron que nos abrirían la puerta a mediodía, y nos rogaron que nos quedáramos hasta entonces.

«Cuando llegó el mediodía abrieron la puerta, y al entrar la gente salió en tropel de las casas para mirarnos, y un pregonero recorrió la ciudad gritando a través de una concha. Nos plantamos en la plaza del mercado, y los negros descordaron los fardos de telas con figuras y abrieron los cofres tallados de sicomoro. Y cuando hubieron terminado su tarea, los mercaderes expusieron sus extrañas mercancías, el lino encerado de Egipto y el lino pintado del país de los etíopes, las esponjas púrpuras de Tiro y las colgaduras azules de Sidón, las copas de ámbar frío y los finos vasos de cristal y las curiosas vasijas de arcilla quemada. Desde el tejado de una casa nos observaba una compañía de mujeres. Una de ellas llevaba una máscara de cuero dorado.

«Y el primer día vinieron los sacerdotes y trocaron con nosotros, y el segundo día vinieron los nobles, y el tercero vinieron los artesanos y los esclavos. Y ésta es su costumbre con todos los mercaderes mientras permanecen en la ciudad.

«Y nos quedamos una luna, y cuando la luna estaba menguando, me cansé y deambulé por las calles de la ciudad y llegué al jardín de su dios. Los sacerdotes con sus túnicas amarillas se movían silenciosamente entre los verdes árboles, y sobre un pavimento de mármol negro se alzaba la casa de color rojo rosado en la que el dios tenía su morada. Sus puertas eran de laca pulverizada, y en ellas había toros y pavos reales forjados en oro en relieve y pulidos. El tejado inclinado era de porcelana verde mar, y los aleros salientes estaban engalanados con pequeñas campanillas. Cuando las palomas blancas pasaban volando, golpeaban las campanillas con sus alas y las hacían tintinear.

«Delante del templo había un estanque de agua clara, pavimentado con ónice veteado. Me tumbé junto a él y con mis pálidos dedos toqué las anchas hojas. Uno de los sacerdotes vino hacia mí y se colocó detrás de mí. Llevaba sandalias en los pies, una de suave piel de serpiente y la otra de plumaje de ave. Sobre su cabeza llevaba una mitra de fieltro negro decorada con medias lunas plateadas. Siete amarillos estaban entretejidos en su túnica, y su pelo encrespado estaba manchado de antimonio.

«Al cabo de un rato me habló y me preguntó mi deseo.

«Le dije que mi deseo era ver al dios.

«"El dios está cazando", dijo el sacerdote, mirándome extrañado con sus pequeños ojos rasgados.

«"Dime en qué bosque y cabalgaré con él", le contesté.

«Él peinó los suaves flecos de su túnica con sus largas uñas puntiagudas. "El dios está dormido", murmuró.

«"Dime en qué diván y velaré junto a él", le contesté.

«"El dios está de fiesta", gritó.

«"Si el vino es dulce lo beberé con él, y si es amargo también lo beberé con él", fue mi respuesta.

«Él inclinó la cabeza asombrado y, tomándome de la mano, me levantó y me condujo al templo.

«Y en la primera cámara vi un ídolo sentado en un trono de jaspe bordeado de grandes perlas orientales. Estaba tallado en ébano y tenía la estatura de un hombre. En su frente había un rubí, y un espeso aceite goteaba de sus cabellos hasta sus muslos. Sus pies estaban enrojecidos con la sangre de un cabrito recién sacrificado, y sus lomos ceñidos con un cinturón de cobre tachonado con siete berilos.

«Y le dije al sacerdote: "¿Es éste el dios?". Y él me respondió: "Éste es el dios".

«"Muéstrame al dios", grité, "o sin duda te mataré". Toqué su mano y se atrofió.

«El sacerdote me suplicó: "Que que mi señor cure a su siervo y le mostraré al dios".

«Entonces soplé con mi aliento sobre su mano, y ésta volvió a estar sana, y él tembló y me condujo a la segunda cámara, y vi un ídolo de pie sobre un loto de jade con grandes esmeraldas colgando. Estaba tallado en marfil y su estatura era el doble de la de un hombre. En su frente había un crisólito, y sus pechos estaban untados de mirra y canela. En una mano sostenía un cetro torcido de jade, y en la otra un cristal redondo. Llevaba pecheras de bronce, y su grueso cuello estaba rodeado por un círculo de selenitas.

«Y le dije al sacerdote: "¿Es éste el dios?".

«Y él me respondió: "Este es el dios".

«"Muéstrame al dios", grité, "o sin duda te mataré". Le toqué los ojos y éstos quedaron ciegos.

«El sacerdote me suplicó: "Que que mi señor cure a su siervo y le mostraré al dios".

«Entonces soplé con mi aliento sobre sus ojos, y la vista volvió a ellos, y él tembló de nuevo, y me condujo a la tercera cámara, y ¡he aquí! no había en ella ídolo ni imagen de ninguna clase, sino sólo un espejo de metal redondo colocado sobre un altar de piedra.

«Y le dije al sacerdote: "¿Dónde está el dios?".

«Y él me respondió: "No hay más dios que este espejo que ves, pues éste es el Espejo de la Sabiduría. Y refleja todas las cosas que hay en el cielo y en la tierra, excepto sólo el rostro de quien se mira en él. Esto no lo refleja, para que el que se mire en él sea sabio. Hay muchos otros espejos, pero son espejos de Opinión. Sólo éste es el Espejo de la Sabiduría. Y quienes poseen este espejo lo saben todo, no hay nada que se les oculte. Y quienes no lo poseen no tienen Sabiduría. Por eso es el dios, y lo adoramos". Y me miré en el espejo, y era tal como me había dicho.

«E hice una cosa extraña, pero lo que hice no importa, porque en un valle que está a un día de camino de este lugar he escondido el Espejo de la Sabiduría. Permíteme entrar de nuevo en ti y ser tu siervo, y serás más sabio que todos los sabios, y la Sabiduría será tuya. Permíteme entrar en ti, y nadie será tan sabio como tú».

Pero el joven Pescador se rió. «El Amor es mejor que la Sabiduría», gritó, «y la Sirenita me ama».

«No, pero no hay nada mejor que la Sabiduría», dijo el Alma.

«El amor es mejor», respondió el joven Pescador, y se sumergió en las profundidades, y el Alma se alejó llorando por los pantanos.

Al cabo del segundo año, el Alma bajó a la orilla del mar y llamó al joven pescador, el cual, emergiendo de las profundidades, dijo: «¿Por qué me llamas?».

Y el Alma respondió: «Acércate para que pueda hablar contigo, porque he visto cosas maravillosas».

Así que él se acercó y se tumbó en el agua poco profunda, apoyó la cabeza en la mano y escuchó.

Y el Alma le dijo: «Cuando te dejé, volví mi rostro hacia el Sur y viajé. Del Sur viene todo lo que es precioso. Seis días viajé por las carreteras que conducen a la ciudad de Ashter, por las polvorientas carreteras teñidas de rojo por las que suelen ir los peregrinos viajé, y en la mañana del séptimo día levanté los ojos, y ¡he aquí! la ciudad yacía a mis pies, pues está en un valle.

«Hay nueve puertas en esta ciudad, y delante de cada puerta se alza un caballo de bronce que relincha cuando los Beduinos bajan de las montañas. Las murallas están revestidas de cobre, y las torres de vigilancia de las murallas están techadas con latón. En cada torre hay un arquero con un arco en la mano. Al amanecer golpea con una flecha en un gong, y al atardecer sopla a través de una bocina de cuerno.

«Cuando quise entrar, los guardias me detuvieron y me preguntaron quién era. Respondí que era un Derviche y que me dirigía a la ciudad de La Meca, donde había un velo verde en el que el Corán estaba bordado en letras de plata por las manos de los ángeles. Se llenaron de asombro y me rogaron que pasara.

«Por dentro es realmente como un bazar. Seguramente deberías haber estado conmigo. A través de las estrechas calles los alegres farolillos de papel revolotean como grandes mariposas. Cuando el viento sopla sobre los tejados suben y bajan como lo hacen las burbujas pintadas. Delante de sus casetas se sientan los mercaderes sobre alfombras de seda. Llevan lacias barbas negras y sus turbantes están cubiertos de lentejuelas doradas, y largas ristras de ámbar y piedras de melocotón talladas se deslizan entre sus dedos fríos. Algunos de ellos venden gálbano y nardo, y curiosos perfumes de las islas del mar Índico, y el espeso aceite de rosas rojas, y mirra y clavitos en forma de uña. Cuando uno se detiene a hablarles, arrojan pizcas de incienso sobre un brasero de carbón y dulcifican el aire. Vi a un sirio que sostenía en sus manos una vara delgada como un junco. De ella salían hilos grises de humo, y su olor al arder era como el de la almendra rosada en primavera. Otros venden brazaletes de plata repujados por todas partes con piedras de turquesa azul cremoso, y tobilleras de alambre de latón orladas con pequeñas perlas, y garras de tigre engastadas en oro, y las garras de ese gato dorado, el leopardo, engastadas también en oro, y pendientes de esmeralda calada, y anillos para los dedos de jade ahuecado. De las casas de té llega el sonido de la guitarra, y los fumadores de opio con sus rostros blancos y sonrientes miran a los transeúntes.

«La verdad es que deberías haber estado conmigo. Los vendedores de vino se abren paso a codazos entre la multitud con grandes odres negros al hombro. La mayoría vende el vino de Schiraz, que es dulce como la miel. Lo sirven en pequeñas copas de metal y esparcen hojas de rosa sobre él. En la plaza del mercado están los fruteros, que venden todo tipo de frutas: higos maduros, con su carne morada magullada, melones, con olor a almizcle y amarillos como topacios, cidras y manzanas rosas y racimos de uvas blancas, naranjas redondas de oro rojo y limones ovalados de oro verde. Una vez vi pasar un elefante. Su trompa estaba pintada con bermellón y cúrcuma, y sobre sus orejas llevaba una red de cordón de seda carmesí. Se detuvo frente a una de las casetas y empezó a comerse las naranjas, y el hombre sólo se echó a reír. No puedes imaginar lo extraño que es este pueblo. Cuando están alegres van a los vendedores de pájaros y les compran un pájaro enjaulado y lo liberan para que su alegría sea mayor, y cuando están tristes se flagelan con espinas para que su pena no sea menor.

«Una tarde me encontré con unos negros que llevaban un pesado palanquín por el bazar. Estaba hecho de bambú dorado y los mástiles eran de laca bermellón tachonada con pavos reales de latón. A través de las ventanas colgaban finas cortinas de muselina bordadas con alas de escarabajo y con diminutas perlas de semilla, y al pasar por delante un circasiano de rostro pálido se asomó y me sonrió. Le seguí detrás, y los negros apresuraron sus pasos y fruncieron el ceño. Pero no me importó. Sentí que me invadía una gran curiosidad.

«Por fin se detuvieron ante una casa blanca y cuadrada. No tenía ventanas, sólo una pequeña puerta como la de una tumba. Bajaron el palanquín y golpearon tres veces con un martillo de cobre. Un armenio vestido con un caftán de cuero verde se asomó por el portillo y, cuando los vio, abrió, extendió una alfombra en el suelo y la mujer salió. Al entrar, se dio la vuelta y volvió a sonreírme. Nunca había visto a nadie tan pálido.

«Cuando salió la luna volví al mismo lugar y busqué la casa, pero ya no estaba allí. Al verlo, supe quién era la mujer y por qué me había sonreído.

«Ciertamente deberías haber estado conmigo. En la fiesta de la Luna Nueva, el joven Emperador salió de su palacio y entró en la mezquita para rezar. Su cabello y su barba estaban teñidos con hojas de rosa y sus mejillas empolvadas con un fino polvo de oro. Las palmas de sus pies y manos estaban amarillas de azafrán.

«Al amanecer salía de su palacio con un manto de plata, y al atardecer regresaba de nuevo a él con un manto de oro. La gente se arrojó al suelo y ocultó sus rostros, pero yo no quise hacerlo. Me quedé de pie junto al puesto de un vendedor de dátiles y esperé. Cuando el Emperador me vio, levantó sus cejas pintadas y se detuvo. Yo permanecí inmóvil y no le hice ninguna reverencia. La gente se maravilló de mi osadía y me aconsejó que huyera de la ciudad. No les hice caso, sino que fui y me senté con los vendedores de dioses extraños, que por su oficio son abominables. Cuando les conté lo que había hecho, cada uno de ellos me regaló un dios y me rogó que los abandonara.

«Aquella noche, mientras estaba tumbado sobre un cojín en la casa de té que hay en la Calle de las Granadas, entraron los guardias del Emperador y me condujeron al palacio. Cuando entré, cerraron todas las puertas tras de mí y pusieron una cadena. Dentro había un gran patio con una arcada que lo rodeaba todo. Las paredes eran de alabastro blanco, salpicadas aquí y allá de azulejos azules y verdes. Los pilares eran de mármol verde, y el pavimento de una especie de mármol de flor de melocotón. Nunca había visto nada parecido.

«Cuando atravesé el patio, dos mujeres con velo me miraron desde un balcón y me maldijeron. Los guardias se apresuraron a avanzar y las culatas de las lanzas resonaron sobre el suelo pulido. Abrieron una puerta de marfil forjado y me encontré en un jardín regado de siete terrazas. Estaba plantado con tulipanes y flores de luna, y áloes tachonados de plata. Como una esbelta caña de cristal, una fuente colgaba en el aire crepuscular. Los cipreses parecían antorchas consumidas. Desde uno de ellos cantaba un ruiseñor.

«Al final del jardín había un pequeño pabellón. Cuando nos acercamos a él, dos eunucos salieron a nuestro encuentro. Sus gordos cuerpos se balanceaban al caminar y me miraban curiosos con sus ojos de párpados amarillos. Uno de ellos apartó al capitán de la guardia y en voz baja le susurró. El otro seguía masticando pastillas perfumadas, que sacaba con gesto afectado de una caja ovalada de esmalte lila.

«Al cabo de unos instantes, el capitán de la guardia despidió a los soldados. Volvieron al palacio, los eunucos les seguían lentamente y arrancaban las dulces moras de los árboles a su paso. Una vez, el mayor de los dos se dio la vuelta y me sonrió con maldad.

«Entonces el capitán de la guardia me hizo señas hacia la entrada del pabellón. Caminé sin temblar y apartando la pesada cortina entré.

«El joven Emperador estaba tendido en un diván de pieles de león teñidas, y un gerfalcón se posaba en su muñeca. Detrás de él había un nubio con turbante de latón, desnudo hasta la cintura y con pesados pendientes en sus orejas partidas. Sobre una mesa junto al diván yacía una poderosa cimitarra de acero.

«Cuando el Emperador me vio frunció el ceño y me dijo: "¿Cómo te llamas? ¿No sabes que soy Emperador de esta ciudad?". Pero no le di ninguna respuesta.

«Señaló con el dedo la cimitarra, y el nubio la agarró, y precipitándose hacia delante me golpeó con gran violencia. La hoja me atravesó y no me hizo ningún daño. El hombre cayó desplomado al suelo, y cuando se levantó sus dientes castañeteaban de terror y se escondió detrás del diván.

«El Emperador se puso en pie de un salto y, cogiendo una lanza de un puesto de armas, me la arrojó. La atrapé en su vuelo y rompí el asta en dos pedazos. Me disparó una flecha, pero levanté las manos y se detuvo en el aire. Entonces sacó una daga de un cinturón de cuero blanco y apuñaló al nubio en la garganta para que el esclavo no contara su deshonra. El hombre se retorció como una serpiente pisoteada y una espuma roja burbujeó de sus labios.

«En cuanto murió, el Emperador se volvió hacia mí y, cuando se hubo secado el sudor brillante de la frente con una servilleta de seda púrpura y bordada, me dijo: "¿Eres profeta, para que no pueda hacerte daño, o hijo de profeta, para que no pueda herirte? Te ruego que abandones mi ciudad esta noche, pues mientras estés en ella ya no soy su señor".

«Le respondí: "Me iré por la mitad de tu tesoro. Dame la mitad de tu tesoro y me iré".

Me cogió de la mano y me llevó al jardín. Cuando el capitán de la guardia me vio, se maravilló. Cuando los eunucos me vieron, les temblaron las rodillas y cayeron al suelo asustados.

«Hay una cámara en el palacio que tiene ocho paredes de pórfido rojo y un techo sellado de bronce con lámparas colgando. El Emperador tocó una de las paredes y ésta se abrió, y pasamos a un corredor iluminado con muchas antorchas. En nichos a cada lado había grandes tinajas llenas hasta el borde de piezas de plata. Cuando llegamos al centro del corredor, el Emperador pronunció la palabra que no se puede pronunciar, y una puerta de granito giró hacia atrás sobre un resorte secreto, y él se llevó las manos a la cara para que no se le deslumbraran los ojos.

«No puedes creer lo maravilloso que era aquel lugar. Había enormes caparazones de tortuga llenos de perlas, y piedras lunares huecas de gran tamaño apiladas con rubíes rojos. El oro estaba guardado en cofres de piel de elefante, y el polvo de oro en frascos de cuero. Había ópalos y zafiros, los primeros en copas de cristal y los segundos en copas de jade. Las esmeraldas verdes y redondas estaban dispuestas en orden sobre finas placas de marfil, y en una esquina había bolsas de seda llenas, unas de piedras turquesas y otras de berilos. Los cuernos de marfil estaban amontonados con amatistas púrpuras, y los de latón con calcedonias y cornalinas. Los pilares, que eran de cedro, tenían cuerdas de piedras de *lynx* amarillas colgando de ellos. En los escudos ovalados planos había carbunclos, tanto de color vino como de color hierba. Y, sin embargo, sólo te he contado una décima parte de lo que allí había.

«Y cuando el Emperador hubo retirado sus manos de delante de su rostro me dijo: "Esta es mi casa del tesoro, y la mitad de lo que hay en ella es tuya, tal como te prometí. Y te daré camellos y camelleros, y ellos cumplirán tus órdenes y llevarán tu parte del tesoro a cualquier parte del mundo a la que desees ir. Y la cosa se hará esta noche, pues no quiero que el Sol, que es mi padre, vea que hay en mi ciudad un hombre al que no puedo matar".

«Pero yo le respondí: "El oro que está aquí es tuyo, y la plata también es tuya, y tuyas son las joyas preciosas y las cosas de precio. En cuanto a mí, no tengo necesidad de ellas. Ni tomaré de ti más que ese pequeño anillo que llevas en el dedo de tu mano".

«Y el Emperador frunció el ceño. "No es más que un anillo de plomo", gritó, "y no tiene ningún valor. Por tanto, toma tu mitad del tesoro y vete de mi ciudad".

«"No", respondí, "no tomaré nada más que ese anillo de plomo, porque sé lo que está escrito en él y con qué propósito".

«El Emperador tembló, me suplicó y me dijo: "Toma todo el tesoro y vete de mi ciudad. La mitad que es mía será también tuya".

«E hice una cosa extraña, pero lo que hice no importa, porque en una cueva que está a sólo un día de viaje desde este lugar tengo escondido el Anillo de las Riquezas. Está a sólo un día de camino de este lugar, y espera tu llegada. El que tiene este Anillo es más rico que todos los reyes del mundo. Ven pues y tómalo, y las riquezas del mundo serán tuyas».

Pero el joven Pescador se rió. «El Amor es mejor que la Riqueza», gritó, «y la Sirenita me ama».

«No, pero no hay nada mejor que la Riqueza», dijo el Alma.

«El Amor es mejor», respondió el joven Pescador, y se sumergió en las profundidades, y el Alma se alejó llorando por los pantanos.

Al cabo del tercer año, el Alma bajó a la orilla del mar y llamó al joven pescador, el cual, emergiendo de las profundidades, dijo: «¿Por qué me llamas?».

Y el Alma respondió: «Acércate para que pueda hablar contigo, porque he visto cosas maravillosas».

Así que él se acercó y se tumbó en el agua poco profunda, apoyó la cabeza en la mano y escuchó.

Y el Alma le dijo: «En una ciudad que yo conozco hay una posada que está junto a un río. Me senté allí con marineros que bebían de dos vinos de diferentes colores, y comían pan hecho de cebada, y pescaditos salados servidos en hojas de laurel con vinagre. Y mientras estábamos sentados y nos divertíamos, vino hacia nosotros un anciano que llevaba una alfombra de cuero y un laúd que tenía dos cuernos de ámbar. Y cuando hubo tendido la alfombra en el suelo, golpeó con una pluma las cuerdas de alambre de su laúd, y una muchacha cuyo rostro estaba velado entró corriendo y empezó a bailar ante nosotros. Su rostro estaba cubierto con un velo de gasa, pero sus pies estaban desnudos. Desnudos estaban sus pies, y se movían sobre la alfombra como pequeñas palomas blancas. Nunca he visto nada tan maravilloso; y la ciudad en la que baila no está más que a un día de viaje de este lugar».

Cuando el joven Pescador oyó las palabras de su Alma, recordó que la Sirenita no tenía pies y no podía bailar. Y un gran deseo se apoderó de él, y se dijo a sí mismo: «No es más que un día de viaje, y podré volver a mi amor», y rió, y se levantó del agua poco profunda, y se dirigió hacia la orilla.

Y cuando hubo llegado a la orilla seca se rió de nuevo y tendió los brazos a su Alma. Y su Alma dio un gran grito de alegría y corrió a su encuentro, y entró en él, y el joven Pescador vio extendida ante él sobre la arena esa sombra del cuerpo que es el cuerpo del Alma.

Y su Alma le dijo: «No nos quedemos, vámonos enseguida, porque los Dioses del Mar son celosos y tienen monstruos que cumplen sus órdenes».

Así que se dieron prisa, y toda esa noche viajaron bajo la luna, y todo el día siguiente viajaron bajo el sol, y al atardecer del día llegaron a una ciudad.

Y el joven Pescador dijo a su alma: «¿Es ésta la ciudad en la que baila aquélla de la que me hablaste?».

Y su Alma le respondió: «No es esta ciudad, sino otra. Sin embargo entremos». Así que entraron y atravesaron las calles, y al pasar por la Calle de los Joyeros, el joven Pescador vio una hermosa copa de plata colocada en un puesto. Y su Alma le dijo: «Toma esa copa de plata y escóndela».

Entonces él tomó la copa y la escondió en el pliegue de su túnica, y salieron apresuradamente de la ciudad.

Y después de que se hubieron alejado una legua de la ciudad, el joven Pescador frunció el ceño y arrojó la copa, lejos de él, y dijo a su Alma: «¿Por qué me dijiste que cogiera esta copa y la escondiera, pues era algo malo de hacer?».

Pero su Alma le respondió: «Quédate en paz, quédate en paz».

Al atardecer del segundo día llegaron a una ciudad, y el joven Pescador dijo a su alma: «¿Es ésta la ciudad en la que baila aquélla de la que me hablaste?».

Y su Alma le respondió: «No es esta ciudad, sino otra. Sin embargo, entremos». Así que entraron y atravesaron las calles, y cuando pasaban por la Calle de los Vendedores de Sandalias, el joven Pescador vio a un niño de pie junto a un cántaro de agua. Y su Alma le dijo: «Golpea a ese niño». Así que él golpeó al niño hasta que lloró, y cuando hubo hecho esto salieron apresuradamente de la ciudad.

Y después de que se hubieron alejado una legua de la ciudad, el joven Pescador se enfureció y dijo a su alma: «¿Por qué me dijiste que golpeara al niño, pues era algo malo de hacer?».

Pero su Alma le respondió: «Quédate en paz, quédate en paz».

Al atardecer del tercer día llegaron a una ciudad, y el joven Pescador dijo a su alma: «¿Es ésta la ciudad en la que baila aquélla de la que me hablaste?».

Y su Alma le respondió: «Puede ser que sea en esta ciudad, por lo tanto entremos».

Así que entraron y atravesaron las calles, pero el joven Pescador no pudo encontrar por ninguna parte el río ni la posada que había junto a él. La gente de la ciudad le miraba con curiosidad, y él se asustó y dijo a su Alma: «Vámonos de aquí, pues la que baila con pies blancos no está».

Pero su Alma respondió: «No, pero esperemos, porque la noche es oscura y habrá ladrones en el camino».

Así que él se sentó en la plaza del mercado y descansó, y al cabo de un rato pasó por allí un mercader encapuchado que tenía un manto de tela de Tartaria y llevaba un farol de cuerno agujereado en el extremo de una caña articulada. El mercader le dijo: «¿Por qué te sientas en la plaza del mercado, viendo que las casetas están cerradas y los fardos acordonados?».

Y el joven Pescador le respondió: «No encuentro posada en esta ciudad, ni tengo pariente que pueda darme cobijo».

«¿No somos todos parientes?», dijo el mercader. «¿Y no nos creó un solo Dios? Por tanto, ven conmigo, pues tengo una cámara de invitados».

Entonces el joven Pescador se levantó y siguió al mercader hasta su casa. Y cuando hubo atravesado un jardín de granadas y entrado en la casa, el mercader le trajo agua de rosas en un plato de cobre para que se lavara las manos, y melones maduros para que saciara su sed, y le puso delante un cuenco de arroz y un trozo de cabrito asado.

Y cuando hubo terminado, el mercader le condujo a la cámara de invitados y le pidió que durmiera y descansara. Y el joven Pescador le dio las gracias, besó el anillo que llevaba en la mano y se echó sobre las alfombras de pelo de cabra teñido. Y cuando se hubo cubierto con un manto de lana negra de cordero se durmió.

Y tres horas antes del amanecer, y cuando aún era de noche, su Alma le despertó y le dijo: «Levántate y ve a la habitación del mercader, a la habitación en la que duerme, y mátale y quítale su oro, porque lo necesitamos».

Y el joven Pescador se levantó y se acercó sigilosamente a la habitación del mercader, y sobre los pies del mercader yacía una espada curva, y la bandeja al lado del mercader contenía nueve monederos de oro. Y alargó la mano y tocó la espada, y cuando la tocó el mercader se sobresaltó y despertó, y levantándose de un salto agarró él mismo la espada y gritó al joven Pescador: «¿Devuelves mal por bien y pagas con el derramamiento de sangre la bondad que te he mostrado?».

Y su Alma dijo al joven Pescador: «Golpéale», y él le golpeó de tal manera que se desmayó y cogió entonces los nueve monederos de oro, y huyó precipitadamente por el jardín de las granadas, y puso su rostro en la estrella que es la estrella de la mañana.

Cuando se hubieron alejado una legua de la ciudad, el joven Pescador se golpeó el pecho y dijo a su alma: «¿Por qué me ordenaste matar al mercader y tomar su oro? Con seguridad eres malvado».

Pero su Alma le respondió: «Quédate en paz, quédate en paz».

«No», gritó el joven Pescador, «no puedo estar en paz, porque todo lo que me has hecho hacer lo odio. A ti también te odio, y te pido que me digas por qué has obrado así conmigo».

Y su Alma le respondió: «Cuando me enviaste al mundo no me diste corazón, así que aprendí a hacer todas estas cosas y a amarlas».

«¿Qué dices?», murmuró el joven Pescador.

«Lo sabes», respondió su Alma, «lo sabes bien. ¿Has olvidado que no me diste corazón? No lo creo. Así que no te preocupes ni me hagas preocupar a mí, más bien quédate en paz, pues no hay dolor que no des, ni placer que no recibas».

Y cuando el joven Pescador oyó estas palabras, tembló y dijo a su Alma: «No, pero tú eres malo, y me has hecho olvidar mi amor, y me has tentado con tentaciones, y has puesto mis pies en los caminos del pecado».

Y su Alma le respondió: «No has olvidado que cuando me enviaste al mundo no me diste corazón. Ven, vayamos a otra ciudad y alegrémonos, pues tenemos nueve monederos de oro».

Pero el joven Pescador cogió los nueve monederos de oro, los arrojó al suelo y los pisoteó.

«No», gritó, «no tendré nada que ver contigo, ni viajaré contigo a ninguna parte, sino que así como te despedí antes, te despediré ahora, porque no me has hecho ningún bien». Y dio la espalda a la luna, y con el pequeño cuchillo que tenía el mango de piel de víbora verde se esforzó por cortar de sus pies esa sombra del cuerpo que es el cuerpo del Alma.

Sin embargo, su Alma no se apartó de él, ni prestó atención a su orden, sino que le dijo: «El hechizo que te dijo la Bruja ya no te sirve, pues no puedo abandonarte, ni tú puedes echarme. Una vez en su vida puede un hombre enviar su Alma lejos, pero aquel que recibe de vuelta su Alma debe mantenerla con él para siempre, y este es su castigo y su recompensa».

Y el joven Pescador palideció, apretó las manos y gritó: «Era una Bruja falsa porque no me dijo eso».

«No», respondió su Alma, «sino que fue fiel a Aquel a quien adora, y de quien será sierva siempre».

Y cuando el joven Pescador supo que ya no podía deshacerse de su Alma, y que era un Alma maligna y que permanecería siempre con él, cayó al suelo llorando amargamente.

Y cuando se hizo de día, el joven Pescador se levantó y dijo a su alma: «Ataré mis manos para no cumplir tus órdenes, y cerraré mis labios para no pronunciar tus palabras, y regresaré al lugar donde tiene su morada aquella a quien amo. Incluso al mar volveré, y a la pequeña bahía donde ella acostumbra a cantar, y la llamaré y le contaré el mal que he hecho y el mal que me has causado».

Y su Alma le tentó y le dijo: «¿Quién es tu amor para que vuelvas con ella? El mundo tiene muchas más bellas que ella. Están las bailarinas de Samaris que danzan a la manera de toda clase de pájaros y bestias. Tienen los pies pintados con henna y en las manos llevan cascabeles de cobre. Ríen mientras bailan, y su risa es tan clara como la del agua. Ven conmigo y te las mostraré. ¿Por qué te preocupas tanto por las cosas del pecado? ¿Acaso lo que es agradable de comer no está hecho para el que lo come? ¿Hay veneno en lo que es dulce de beber? No te preocupes, sino ven conmigo a otra ciudad. Hay una pequeña ciudad muy cerca de aquí en la que hay un jardín de tulipanes. Y en este hermoso jardín habitan pavos reales blancos y pavos reales que tienen el pecho azul. Sus colas cuando las extienden al sol son como discos de marfil y como discos dorados. Y la que los alimenta baila para su placer, y unas veces baila sobre sus manos y otras baila con sus pies. Sus ojos están coloreados con estibio y sus fosas nasales tienen la forma de las alas de una golondrina. De un gancho en una de sus fosas nasales cuelga una flor tallada en una perla. Se ríe mientras baila, y los anillos de plata que lleva en los tobillos tintinean como campanillas de plata. Así que no te preocupes más y ven conmigo a esta ciudad».

Pero el joven Pescador no respondió a su Alma, sino que cerró sus labios con el sello del silencio y con un cordón apretado ató sus manos, y viajó de regreso al lugar de donde había venido, hasta la pequeña bahía donde su amor había acostumbrado cantar. Y siempre su Alma lo tentó por el camino, pero él no le dio ninguna respuesta, ni hizo ninguna de las maldades que ella buscaba hacerle hacer, tan grande era el poder del amor que estaba dentro de él.

Y cuando hubo llegado a la orilla del mar, se soltó la cuerda de las manos, se quitó de los labios el sello del silencio y llamó a la Sirenita. Pero ella no acudió a su llamada, a pesar de que él la llamó durante todo el día y le suplicó.

Y su Alma se burló de él y le dijo: «Ciertamente no obtienes sino poca alegría de tu amor. Eres como aquel que en tiempo de muerte vierte agua en una vasija rota. Das lo que tienes y nada se te da a cambio. Sería mejor que vinieras conmigo, pues yo sé dónde está el Valle del Placer y qué cosas se hacen allí».

Pero el joven Pescador no respondió a su Alma, sino que en una hendidura de la roca se construyó una casa de zarzos, y permaneció allí por espacio de un año. Y cada mañana llamaba a la Sirena, y cada mediodía volvía a llamarla, y por la noche pronunciaba su nombre. Sin embargo, ella nunca salió del mar a su encuentro, ni en ningún lugar del mar pudo encontrarla aunque la buscó en las cuevas y en las aguas verdes, en los remansos de la marea y en los pozos que están en el fondo de las profundidades.

Y siempre su Alma lo tentó con el mal, y le susurró cosas terribles. Sin embargo, no prevaleció contra él, tan grande era el poder de su amor.

Y cuando terminó el año, el Alma pensó en su interior: «He tentado a mi amo con el mal, y su amor es más fuerte que yo. Ahora le tentaré con el bien, y puede que venga conmigo».

Entonces se dirigió al joven Pescador y le dijo: «Te he hablado de la alegría del mundo y me has hecho oídos sordos. Permíteme ahora que te hable del dolor del mundo, y puede que me escuches. Porque, en verdad, el dolor es el Señor de este mundo, y no hay nadie que escape de su red. Hay quien carece de vestido y quien carece de pan. Hay viudas que se sientan en púrpura, y viudas que se sientan en harapos. De aquí para allá por los pantanos van los leprosos, y son crueles entre sí. Los mendigos suben y bajan por las carreteras, y sus carteras están vacías. Por las calles de las ciudades camina el Hambre, y la Peste se sienta a sus puertas. Vamos, salgamos y arreglemos estas cosas, y hagamos que no existan. ¿Por qué te quedas aquí llamando a tu amor, si ella no acude a tu llamada? ¿Y qué es el amor, para que le des tanta importancia?».

Pero el joven Pescador no le respondió nada, tan grande era la fuerza de su amor. Y cada mañana llamaba a la Sirena, y cada mediodía volvía a llamarla, y por la noche pronunciaba su nombre. Pero ella nunca salió del mar a su encuentro, ni en ningún lugar del mar pudo encontrarla, aunque la buscó en los ríos del mar, y en los valles que están bajo las olas, en el mar que la noche vuelve púrpura, y en el mar que el amanecer deja gris.

Y después de que el segundo año pasó, el Alma dijo al joven Pescador en la noche, y mientras él se sentaba en la casa de madera solo, «¡Hey! ahora te he tentado con el mal, y te he tentado con el bien, y tu amor es más fuerte que yo. Por eso no te tentaré más, sino que te ruego que me permitas entrar en tu corazón, para que pueda ser una contigo como antes».

«Con seguridad puedes entrar», dijo el joven Pescador, «pues en los días en que sin corazón ibas por el mundo debiste sufrir mucho».

«¡Ay!» gritó su Alma, «no puedo encontrar lugar de entrada, tan rodeado de amor está este corazón tuyo».

«Sin embargo, me gustaría poder ayudarte», dijo el joven Pescador.

Y mientras hablaba se oyó un gran grito de luto procedente del mar, el grito que oyen los hombres cuando muere alguien de la Gente del Mar. Y el joven Pescador se levantó de un salto, abandonó su casa de madera y corrió hacia la orilla. Y las olas negras llegaron corriendo a la orilla, llevando con ellas una carga que era más blanca que la plata. Blanca como el oleaje era, y como una flor se agitaba sobre las olas. Y el oleaje la tomó de las olas, y la espuma la tomó del oleaje, y la orilla la recibió, y yaciendo a sus pies el joven Pescador vio el cuerpo de la Sirenita. Muerta yacía a sus pies.

Llorando como alguien golpeado por el dolor se arrojó junto a ella, y besó el rojo frío de la boca, y jugueteó con el ámbar húmedo del pelo. Se arrojó junto a ella sobre la arena, llorando como quien tiembla de alegría, y en sus brazos morenos la estrechó contra su pecho. Fríos estaban los labios, y sin embargo los besó. Salada era la miel del cabello, y sin embargo la saboreó con una amarga alegría. Besó los párpados cerrados, y el rocío salvaje que yacía sobre sus copas era menos salado que sus lágrimas.

Y a la cosa muerta le hizo una confesión. En las conchas de sus orejas vertió el áspero vino de su cuento. Puso las pequeñas manos alrededor de su cuello, y con sus dedos tocó la fina caña de la garganta. Amarga, amarga era su alegría, y lleno de extraña alegría estaba su dolor.

El mar negro se acercaba y la espuma blanca gemía como un leproso. Con blancas garras de espuma el mar se agarraba a la orilla. Del palacio del Rey-Marino llegó de nuevo el grito de lamento, y lejos sobre el mar los grandes Tritones soplaron roncamente sobre sus cuernos.

«Huye», dijo su Alma, «porque el mar se acerca cada vez más, y si te quedas te matará. Huye, pues tengo miedo, viendo que tu corazón se cierra contra mí a causa de la grandeza de tu amor. Huye a un lugar seguro. Seguramente no me enviarás sin corazón a otro mundo».

Pero el joven Pescador no escuchó a su Alma, sino que llamó a la Sirenita y le dijo: «El amor es mejor que la sabiduría, y más precioso que las riquezas, y más hermoso que los pies de las hijas de los hombres. Los fuegos no pueden destruirlo, ni las aguas apagarlo. Te llamé al amanecer, y no acudiste a mi llamada. La luna oyó tu nombre, pero no me hiciste caso. Porque malamente te había abandonado, y para mi propio mal me había alejado. Sin embargo, tu amor permaneció siempre conmigo, y siempre fue fuerte, nada prevaleció contra él, aunque he mirado al mal y he mirado al bien. Y ahora que tú has muerto, ciertamente yo también moriré contigo».

Y su Alma le rogó que partiera, pero él no quiso, tan grande era su amor. Y el mar se acercó, y trató de cubrirlo con sus olas, y cuando supo que el fin estaba cerca besó con labios locos los fríos labios de la Sirena, y el corazón que estaba dentro de él se rompió. Y como por la plenitud de su amor su corazón se rompió, el Alma encontró una entrada y entró, y fue una con él como antes. Y el mar cubrió al joven Pescador con sus olas.

Y por la mañana el Sacerdote salió a bendecir el mar, pues se había agitado. Y con él iban los monjes, los músicos, los portadores de velas, los que agitaban los incensarios y una gran compañía.

Y cuando el Sacerdote llegó a la orilla vio al joven Pescador que yacía ahogado en el oleaje, y entre sus brazos estaba el cuerpo de la Sirenita. Y retrocedió frunciendo el ceño, y habiendo hecho la señal de la cruz, gritó en voz alta y dijo: «No bendeciré el mar ni nada de lo que hay en él. Maldita sea la Gente del Mar y malditos todos los que trafican con ellos. Y en cuanto a aquel que por amor a Dios abandonó a Dios, y así yace aquí con su amor asesinado por el juicio de Dios, tomen su cuerpo y el cuerpo de su amor, y entiérrenlos en la esquina del Campo de los Llenadores, y no pongan ninguna marca sobre ellos, ni señal de ningún tipo, para que nadie pueda saber el lugar de su descanso. Porque malditos fueron en vida y malditos serán también en su muerte».

Y la gente hizo lo que él les ordenó, y en la esquina del Campo de los Llenadores, donde no crecían hierbas dulces, cavaron una fosa profunda y depositaron en ella las cosas muertas.

Al cumplirse el tercer año, en un día que era sagrado, el sacerdote subió a la capilla para mostrar al pueblo las llagas del Señor y hablarles de la ira de Dios.

Y cuando se hubo vestido con sus ropas, entró y se inclinó ante el altar, y vio que el altar estaba cubierto de flores extrañas que nunca se habían visto antes. Eran extrañas a la vista, y de curiosa belleza, y su belleza le turbó, y su olor era dulce en sus fosas nasales. Y se sintió alegre, sin entender por qué estaba alegre.

Y después de haber abierto el tabernáculo, e incensado la custodia que había en él, y mostrado la hermosa hostia al pueblo, y escondida ésta de nuevo tras el velo de los velos, él comenzó a hablar al pueblo, deseando hablarles de la ira de Dios. Pero la belleza de las flores blancas le turbó, y su olor era dulce en sus fosas nasales, y vino otra palabra a sus labios, y no habló de la ira de Dios, sino del Dios cuyo nombre es Amor. Y no sabía por qué hablaba así.

Y cuando hubo terminado su palabra, el pueblo lloró, y el sacerdote volvió a la sacristía, y sus ojos estaban llenos de lágrimas. Y los diáconos entraron y comenzaron a desvestirlo, y le quitaron el alba y el ceñidor, el manípulo y la estola. Y se quedó como en un sueño.

Después de que le hubieron desvestido, les miró y dijo: «¿Qué son esas flores que están sobre el altar y de dónde vienen?».

Y ellos le respondieron: «No podemos decir qué flores son, pero vienen de la esquina del Campo de los Llenadores». Y el Sacerdote tembló, y regresó a su propia casa y oró.

Y por la mañana, cuando aún estaba amaneciendo, salió con los monjes y los músicos, y los portadores de velas y los que agitaban incensarios, y una gran compañía, y llegó a la orilla del mar, y bendijo el mar y todas las cosas salvajes que hay en él. También bendijo a los Faunos, y a las pequeñas cosas que danzan en el bosque, y a las cosas de ojos brillantes que miran a través de las hojas. Bendijo todas las cosas del mundo de Dios, y la gente se llenó de alegría y asombro. Sin embargo, nunca más en el rincón del Campo de los Llenadores crecieron flores de ningún tipo, sino que el campo permaneció estéril como antes. Tampoco la Gente del Mar entró en la bahía como acostumbraba, pues se fue a otra parte del mar.

El Niño-Estrella

Érase una vez dos pobres Leñadores que se dirigían a casa a través de un gran bosque de pinos. Era invierno, y una noche de frío intenso. La nieve yacía espesa sobre el suelo y sobre las ramas de los árboles; la escarcha seguía rompiendo las pequeñas ramitas a ambos lados de ellos, a medida que pasaban, y cuando llegaron al Torrente de la Montaña, ésta colgaba inmóvil en el aire, pues el Rey Hielo la había besado.

Hacía tanto frío que incluso los animales y los pájaros no sabían qué hacer.

«¡Uf!», gruñó el Lobo, mientras cojeaba entre los matorrales con el rabo entre las piernas, «este tiempo es perfectamente monstruoso. ¿Por qué el Gobierno no se ocupa de ello?».

«¡Uit! ¡Uit! ¡Uit!», gorjearon los Pardillos verdes, «la vieja Tierra ha muerto y la han tendido en su mortaja blanca».

«La Tierra se va a casar, y éste es su vestido de novia», susurraron entre sí las Tórtolas. Sus piececitos rosados estaban bastante congelados, pero sentían que era su deber adoptar una visión romántica de la situación.

«¡Tonterías!», gruñó el Lobo. «Les digo que todo es culpa del Gobierno, y si no me creen me los comeré». El Lobo tenía una mente completamente práctica y nunca le faltaba un buen argumento.

«Bueno, por mi parte», dijo el Pájaro Carpintero, que era un filósofo nato, «no necesito una teoría atómica para encontrar explicaciones. Si una cosa es así, es así, y en la actualidad hace un frío terrible».

Ciertamente hacía un frío terrible. Las pequeñas Ardillas, que vivían dentro del alto abeto, no paraban de frotarse las narices para mantenerse calientes, y los Conejos se acurrucaban en sus madrigueras y no se aventuraban ni siquiera a mirar al exterior. Los únicos que parecían disfrutar eran los búhos cornudos. Tenían las plumas bastante tiesas de baba, pero no les importaba, ponían en blanco sus grandes ojos amarillos y se llamaban unos a otros a través del bosque: «¡Tu-uit! ¡Tu-uo! ¡Tu-uit! ¡Tu-uo! ¡Qué tiempo tan delicioso estamos teniendo!».

Siguieron y siguieron los dos Leñadores, soplando enérgicamente sobre sus dedos y zapateando con sus enormes botas calzadas de hierro sobre la nieve apelmazada. Una vez se hundieron en un profundo barrizal, y salieron tan blancos como los molineros cuando las piedras muelen; y una vez resbalaron en el duro y liso hielo donde el agua de los pantanos estaba congelada, y sus fardos se salieron de sus haces, y tuvieron que recogerlos y atarlos de nuevo; y una vez pensaron que habían perdido el camino, y un gran terror se apoderó de ellos, pues sabían que la Nieve es cruel con los que duermen en sus brazos. Pero confiaron en el buen San Martín, que vela por todos los viajeros, y volvieron sobre sus pasos, y avanzaron con cautela, y al fin llegaron a las afueras del bosque, y vieron, muy abajo en el valle, las luces de la aldea en la que vivían.

Tan alegres estaban por su liberación que rieron en voz alta, y la Tierra les pareció una flor de plata, y la Luna una flor de oro.

Sin embargo, después de haberse reído se entristecieron, pues recordaron su pobreza, y uno de ellos le dijo al otro: «¿Por qué nos alegramos, viendo que la vida es para los ricos y no para los que son como nosotros? Mejor sería que hubiéramos muerto de frío en el bosque, o que alguna bestia salvaje hubiera caído sobre nosotros y nos hubiera matado».

«En verdad», respondió su compañero, «se da mucho a unos y poco a otros. La injusticia ha repartido el mundo, y no hay reparto equitativo de nada, salvo de la pena».

Pero mientras se lamentaban mutuamente de su miseria, sucedió algo extraño. Cayó del cielo una estrella muy brillante y hermosa. Se deslizó por la ladera del cielo, pasando junto a las demás estrellas en su curso y, mientras la observaban maravillados, les pareció que se hundía detrás de un grupo de sauces que se alzaban junto a un pequeño redil a no más de un tiro de piedra.

«¡Vaya! hay un báculo de oro para quien lo encuentre», gritaron, y se pusieron en marcha y corrieron, tan ansiosos estaban por el oro.

Y uno de ellos corrió más deprisa que su compañero, y tomó ventaja, y se abrió paso a través de los sauces, y salió al otro lado, y ¡he aquí! que había en efecto una cosa de oro tendida sobre la blanca nieve. Así que se dio prisa y fue hacia ella, y agachándose puso sus manos sobre ella, y era un manto de tejido dorado, curiosamente labrado con estrellas, y envuelto en muchos pliegues. Y gritó a su camarada que había encontrado el tesoro que había caído del cielo, y cuando su camarada hubo subido, se sentaron en la nieve y aflojaron los pliegues del manto para poder repartirse las piezas de oro. Pero, ¡ay! no había oro en él, ni plata, ni, de hecho, tesoro de ninguna clase, sino sólo un niño pequeño que estaba dormido.

Y uno de ellos dijo al otro: «Este es un amargo final para nuestra esperanza, ni siquiera tenemos buena fortuna, pues ¿de qué le sirve a un hombre un niño? Dejémoslo aquí y sigamos nuestro camino, ya que somos hombres pobres y tenemos hijos propios cuyo pan no podemos dar a otro».

Pero su compañero le contestó: «No, pero sería una maldad dejar que el niño perezca aquí en la nieve, y aunque soy tan pobre como tú, y tengo muchas bocas que alimentar, y muy poco en la olla, aun así lo llevaré a casa conmigo, y mi esposa cuidará de él».

Así que, con mucha ternura, cogió al niño, lo envolvió con el manto para protegerlo del duro frío y se encaminó colina abajo hacia la aldea, mientras su camarada se maravillaba mucho de su insensatez y blandura de corazón.

Cuando llegaron a la aldea, su camarada le dijo: «Tú tienes al niño, dame pues el manto, pues es justo que lo compartamos».

Pero él le respondió: «No, porque el manto no es ni mío ni tuyo, sino sólo del niño», y le deseó buena suerte, y se fue a su propia casa y llamó.

Y cuando su esposa abrió la puerta y vio que su marido había regresado sano y salvo a ella, le echó los brazos al cuello y le besó, le quitó de la espalda el haz de leña, le quitó la nieve de las botas y le invitó a entrar.

Pero él le dijo: «He encontrado algo en el bosque y te lo he traído para que lo cuides», y no se movió del umbral.

«¿Qué es?», gritó ella. «Muéstramelo, pues la casa está vacía y necesitamos muchas cosas». Y él echó el manto hacia atrás y le mostró al niño dormido.

«¡Ay, buen hombre!», murmuró ella, «¿no tenemos hijos propios, que es necesario que traigas a un sustituto para que esté junto al hogar? ¿Y quién sabe si no nos traerá mala fortuna? ¿Y cómo lo cuidaremos?». Y se enfureció contra él.

«No, es un Niño-Estrella», respondió él; y le contó la extraña forma en que lo había encontrado.

Pero ella no se calmaba, sino que se burló de él, habló con enojo y gritó: «A nuestros hijos les falta el pan, ¿y vamos a alimentar al hijo de otro? ¿Quién hay que cuide de nosotros? ¿Y quién nos da de comer?».

«No, Dios cuida incluso de los gorriones y los alimenta», respondió él.

«¿No mueren de hambre los gorriones en invierno?», preguntó ella. «¿Y no es invierno ahora?».

Y el hombre no respondió nada, y no se movió del umbral.

Y un viento amargo del bosque entró por la puerta abierta, la hizo temblar y estremecerse a ella, y ella le dijo: «¿No cerrarás la puerta? Viene un viento amargo a la casa, y tengo frío».

«¿En una casa donde el corazón es duro no entra siempre un viento amargo?», preguntó él. Y la mujer no le respondió nada, sino que se arrastró más cerca del fuego.

Al cabo de un rato, ella se volvió y le miró, y sus ojos estaban llenos de lágrimas. Y él entró rápidamente, y puso al niño en sus brazos, y ella lo besó, y lo acostó en una camita donde yacía el más pequeño de sus propios hijos. Y al día siguiente, el Leñador cogió el curioso manto de oro y lo colocó en un gran cofre, y su esposa cogió una cadena de ámbar que rodeaba el cuello del niño y la colocó también en el cofre.

Así pues, el Niño-Estrella se crió con los hijos del Leñador, se sentó a la misma mesa con ellos y fue su compañero de juegos. Y cada año se volvía más hermoso a la vista, de modo que todos los que habitaban en la aldea se llenaban de asombro, pues, mientras ellos eran morenos y de pelo negro, él era blanco y delicado como el marfil aserrado, y sus rizos eran como los anillos del narciso. Sus labios, además, eran como los pétalos de una flor roja, y sus ojos como violetas junto a un río de agua pura, y su cuerpo como el narciso de un campo donde no llega el segador.

Sin embargo, su belleza le hizo mal. Pues se volvió orgulloso, cruel y egoísta. Despreció a los hijos del Leñador y a los demás niños de la aldea, diciendo que eran de mal parentesco, mientras que él era noble, por haber nacido de una Estrella, y se hizo amo de ellos y los llamó sus siervos. No sentía piedad alguna por los pobres, ni por los ciegos o mutilados o afligidos de cualquier forma, sino que les arrojaba piedras y los echaba a la carretera, y les ordenaba que mendigaran su pan en otra parte, de modo que nadie, salvo los proscritos, acudía dos veces a esa aldea para pedir limosna. De hecho, él era un enamorado de la belleza, y se burlaba de los débiles y desfavorecidos, y hacía bromas de ellos; y a sí mismo se amaba, y en verano, cuando los vientos estaban quietos, se tumbaba junto al pozo en el huerto del cura y miraba la maravilla de su propio rostro, y reía por el placer que le producía su hermosura.

A menudo el Leñador y su mujer lo reprendían y le decían: «No te tratamos como tú tratas a los que quedan desolados y no tienen quien los socorra. ¿Por qué eres tan cruel con todos los que necesitan compasión?».

A menudo el viejo sacerdote mandaba a buscarlo y trataba de enseñarle el amor a los seres vivos, diciéndole: «La mosca es tu hermana. No le hagas daño. Los pájaros salvajes que vagan por el bosque tienen su libertad. No los atrapes para tu placer. Dios hizo al gusano ciego y al topo, y cada uno tiene su lugar. ¿Quién eres tú para traer dolor al mundo de Dios? Hasta el ganado del campo lo alaba».

Pero el Niño-Estrella no hacía caso de sus palabras, sino que fruncía el ceño y se burlaba, y volvía con sus compañeros y los lideraba. Y sus compañeros le siguieron, pues era hermoso y rápido de pies y sabía bailar, tocar la flauta y hacer música. Y dondequiera que el Niño-Estrella los guiaba, ellos lo seguían, y todo lo que el Niño-Estrella les ordenaba hacer, eso hacían. Y cuando perforó con una caña afilada los ojos oscuros del topo, se rieron, y cuando arrojó piedras al leproso también se rieron. Y en todas las cosas los gobernó, y se endurecieron de corazón como él.

Un día pasó por la aldea una pobre mendiga. Sus vestidos estaban rasgados y andrajosos, y sus pies sangraban por el áspero camino por el que había viajado, y se encontraba en muy mala situación. Cansada, se sentó a descansar bajo un castaño.

Pero cuando el Niño-Estrella la vio, dijo a sus compañeros: «¡Miren! Hay una mendiga asquerosa sentada bajo ese árbol hermoso y de hojas verdes. Vengan, echémosla de aquí, pues es fea y mal favorecida».

Así que se acercó y le arrojó piedras y se burló de ella, y ella lo miró con terror en los ojos, sin apartar su mirada de él. Y cuando el Leñador, que estaba hendiendo troncos en una majada cercana, vio lo que hacía el Niño-Estrella, corrió a reprenderlo y le dijo: «Ciertamente eres duro de corazón y no conoces la misericordia, pues ¿qué mal te ha hecho esta pobre mujer para que la trates así?».

Y el Niño-Estrella enrojeció de ira, dio un pisotón en el suelo y dijo: «¿Quién eres tú para preguntarme lo que hago? No soy hijo tuyo para cumplir tus órdenes».

«Hablas con verdad», respondió el Leñador, «sin embargo, te mostré compasión cuando te encontré en el bosque».

Y cuando la mujer oyó estas palabras dio un fuerte grito y cayó desmayada. Y el Leñador la llevó a su propia casa, y su mujer cuidó de ella, y cuando se despertó del desmayo en que había caído, le pusieron delante comida y bebida, y la instaron a que se consolara.

Pero ella no quiso ni comer ni beber, sino que dijo al Leñador: «¿No dijiste que el niño había sido encontrado en el bosque? ¿Y no han pasado diez años desde este día?».

Y el Leñador respondió: «Sí, fue en el bosque donde lo encontré, y han pasado diez años desde este día».

«¿Y qué señales encontraste con él?», gritó ella. «¿No llevaba en el cuello una cadena de ámbar? ¿No le rodeaba un manto de tejido de oro bordado con estrellas?».

«En verdad», respondió el Leñador, «fue tal como dices». Y sacó la capa y la cadena de ámbar del cofre donde yacían y se las mostró.

Cuando ella los vio, lloró de alegría y dijo: «Es mi hijito que perdí en el bosque. Te ruego que envíes por él rápidamente, pues en su busca he vagado por todo el mundo».

Entonces el Leñador y su mujer salieron y llamaron al Niño Estrella y le dijeron: «Entra en la casa y allí encontrarás a tu madre, que te está esperando».

Así que él entró corriendo, lleno de asombro y gran alegría. Pero cuando vio a la que allí esperaba, se rió desdeñosamente y dijo: «Vaya, ¿dónde está mi madre? Pues no veo aquí a nadie más que a esta vil mendiga».

Y la mujer le respondió: «Yo soy tu madre».

«Estás loca al decir eso», gritó furioso el Niño-Estrella. «No soy hijo tuyo, pues eres una mendiga, y fea, y andrajosa. Por tanto, vete de aquí y no me dejes ver más tu asqueroso rostro».

«No, pero tú eres en verdad mi hijito, a quien di a luz en el bosque», gritó ella, y cayó de rodillas y le tendió los brazos. «Los ladrones te robaron y te dejaron para morir», murmuró ella, «pero te reconocí cuando te vi, y también he reconocido las señales, el manto de tejido dorado y la cadena de ámbar. Por eso te ruego que vengas conmigo, pues por todo el mundo he vagado en tu busca. Ven conmigo, hijo mío, pues necesito de tu amor».

Pero el Niño-Estrella no se movió de su sitio, sino que cerró las puertas de su corazón contra ella, y no se oyó más sonido que el de la mujer llorando de dolor.

Y por fin le habló, y su voz era dura y amarga. «Si en verdad eres mi madre», dijo, «hubiera sido mejor que te hubieras quedado lejos, y no que hubieras venido aquí para avergonzarme, ya que yo creía que era el hijo de alguna Estrella, y no el hijo de un mendigo, como tú me dices que soy. Por tanto, vete de aquí y no dejes que te vea más».

«¡Ay! hijo mío», gritó ella, «¿no me besarás antes de que me vaya? Porque he sufrido mucho para encontrarte».

«No», dijo el Niño-Estrella, «pues eres demasiado repugnante para mirarte, y preferiría besar a la víbora o al sapo que a ti».

Entonces la mujer se levantó y se marchó al bosque llorando amargamente, y cuando el Niño-Estrella vio que se había ido, se alegró y corrió de vuelta con sus compañeros de juego para poder jugar con ellos.

Pero cuando lo vieron llegar, se burlaron de él y dijeron: «Vaya, eres tan asqueroso como el sapo y tan repugnante como la víbora. Vete de aquí, pues no permitiremos que juegues con nosotros», y lo sacaron del jardín.

Y el Niño-Estrella frunció el ceño y se dijo: «¿Qué es esto que me dicen? Iré al pozo de agua y miraré en él, y me hablará de mi belleza».

Así que fue al pozo de agua y miró en él, y ¡he aquí! su cara era como la cara de un sapo, y su cuerpo estaba sellado como el de una víbora. Se echó sobre la hierba y lloró, y se dijo: «Seguramente esto me ha sucedido a causa de mi pecado. Porque he negado a mi madre y la he alejado, y he sido orgulloso y cruel con ella. Por eso iré a buscarla por todo el mundo, y no descansaré hasta encontrarla».

Se acercó a él la hijita del Leñador, le puso la mano en el hombro y le dijo: «¿Qué importa que hayas perdido tu hermosura? Quédate con nosotros y no me burlaré de ti».

Y él le dijo: «No, porque he sido cruel con mi madre, y como castigo me ha sido enviado este mal. Por lo tanto, debo irme de aquí y vagar por el mundo hasta que la encuentre y ella me dé su perdón».

Entonces huyó al bosque y llamó a su madre para que viniera a verle, pero no obtuvo respuesta. Durante todo el día la llamó y, cuando se puso el sol, se tumbó a dormir en un lecho de hojas, y los pájaros y los animales huyeron de él, pues recordaban su crueldad, y se quedó solo, salvo por el sapo que lo observaba y la lenta víbora que pasaba arrastrándose.

Y por la mañana se levantó, arrancó algunas bayas amargas de los árboles y se las comió, y siguió su camino a través del gran bosque, llorando desconsoladamente. Y a todo el que encontraba le preguntaba si acaso habían visto a su madre.

Le dijo al Topo: «Tú puedes ir bajo la tierra. Dime, ¿está mi madre allí?».

Y el Topo respondió: «Has cegado mis ojos. ¿Cómo voy a saberlo?».

Le dijo al Pardillo: «Tú puedes volar sobre las copas de los altos árboles y puedes ver el mundo entero. Dime, ¿puedes ver a mi madre?».

Y el Pardillo respondió: «Me has cortado las alas por tu placer. ¿Cómo voy a volar?».

Y a la Ardillita que vivía en el abeto y se sentía sola le dijo: «¿Dónde está mi madre?».

Y la Ardilla respondió: «Tú has matado a la mía. ¿Buscas matar también a la tuya?».

Y el Niño-Estrella lloró e inclinó la cabeza, y pidió perdón a Dios, y siguió por el bosque, buscando a la mendiga. Y al tercer día llegó al otro lado del bosque y bajó a la llanura.

Y cuando pasaba por las aldeas, los niños se burlaban de él y le arrojaban piedras, y los campesinos no le permitían ni siquiera dormir en los establos por temor a que trajera moho al maíz almacenado, tan repugnante era a la vista, y sus jornaleros lo alejaban, y no había nadie que se apiadara de él. Tampoco pudo oír hablar en ninguna parte de la mendiga que era su madre, aunque durante el espacio de tres años vagó por el mundo, y a menudo le parecía verla en el camino delante de él, y la llamaba, y corría tras ella hasta que los afiladas pedernales le hacían sangrar los pies. Pero no podía alcanzarla, y los que vivían junto al camino negaban siempre haberla visto, o a alguien parecido a ella, y se burlaban de su pena.

Durante el espacio de tres años vagó por el mundo, y en el mundo no había para él ni amor, ni bondad, ni caridad, sino que era un mundo como el que él mismo había hecho en los días de su gran orgullo.

Y una noche llegó a la puerta de una ciudad de fuertes murallas que se alzaba junto a un río y, por cansado y dolorido que estuviera, se dispuso a entrar. Pero los soldados que montaban guardia dejaron caer sus alabardas sobre la entrada y le dijeron bruscamente: «¿Qué asuntos te traes a la ciudad?».

«Busco a mi madre», respondió él, «y les ruego que me dejen pasar, pues puede ser que se encuentre en esta ciudad».

Pero se burlaron de él, y uno de ellos meneó una barba negra, bajó su escudo y gritó: «En verdad, tu madre no se alegrará cuando te vea, pues eres más desgraciado que el sapo del pantano o la víbora que se arrastra en el pantano. Vete. Vete. Tu madre no habita en esta ciudad».

Y otro, que llevaba un estandarte amarillo en la mano, le dijo: «¿Quién es tu madre y por qué la buscas?».

Y él respondió: «Mi madre es mendiga como yo, y la he tratado mal, y les ruego que me dejen pasar para que ella me dé su perdón, si es que se queda en esta ciudad». Pero no quisieron, y le pincharon con sus lanzas.

Y, mientras él se apartaba llorando, se acercó uno cuya armadura tenía incrustaciones de flores doradas y en cuyo casco descansaba un león con alas, y preguntó a los soldados quién era el que había querido entrar. Y ellos le dijeron: «Es un mendigo y el hijo de un mendigo, y lo hemos echado».

«No», gritó, riendo, «venderemos al asqueroso por un esclavo, y su precio será el de un tazón de vino dulce».

Un hombre viejo y malvado que pasaba por allí los llamó y dijo: «Lo compraré por ese precio» y, cuando hubo pagado el precio, cogió al Niño-Estrella de la mano y lo llevó a la ciudad.

Y después de haber atravesado muchas calles llegaron a una pequeña puerta que estaba enclavada en un muro cubierto por un árbol de granadas. Y el anciano tocó la puerta con un anillo de jaspe labrado y se abrió, y bajaron cinco escalones de bronce a un jardín lleno de amapolas negras y jarras verdes de arcilla quemada. Y el anciano sacó entonces de su turbante un pañuelo de seda labrada, y ató con él los ojos del Niño-Estrella, y lo condujo delante de él. Y cuando le quitó el pañuelo de los ojos, el Niño-Estrella se encontró en una mazmorra, que estaba iluminada por una linterna de cuerno.

El anciano le puso delante un poco de pan mohoso en un tenedor y le dijo: «Come», y un poco de agua salobre en una taza y le dijo: «Bebe»; y cuando hubo comido y bebido, el anciano salió, cerrando la puerta tras de sí y sujetándola con una cadena de hierro.

Al día siguiente, el anciano, que era sin duda el más sutil de los magos de Libia y había aprendido su arte de uno que habitaba en las tumbas del Nilo, se acercó a él, le miró con el ceño fruncido y le dijo: «En un bosque cercano a la puerta de esta ciudad de Giaours hay tres piezas de oro. Una es de oro blanco, otra de oro amarillo y el oro de la tercera es rojo. Hoy me traerás la pieza de oro blanco, y si no me la traes, te castigaré con cien azotes. Vete pronto, y al atardecer te estaré esperando en la puerta del jardín. Procura traer el oro blanco o te irá mal, pues eres mi esclavo y te he comprado por el precio de un tazón de vino dulce». Y ató los ojos del Niño-Estrella con el pañuelo de seda labrada, y lo condujo a través de la casa, y por el jardín de amapolas, y subió los cinco escalones de bronce. Y habiendo abierto la puertecilla con su anillo lo puso en la calle.

Y el Niño-Estrella salió por la puerta de la ciudad y llegó al bosque del que le había hablado el Mago.

Ahora bien, este bosque era muy hermoso a la vista desde fuera, y parecía lleno de pájaros cantores y de flores de dulce aroma, y el Niño-Estrella entró en él con mucho gusto. Sin embargo, de poco le sirvió su belleza, pues por dondequiera que pasaba, ásperas zarzas y espinas salían disparadas del suelo y lo rodeaban, y malignas ortigas lo aguijoneaban, y el cardo lo atravesaba con sus puñales, de modo que se vio sumido en una gran angustia. Tampoco pudo encontrar en ninguna parte la pieza de oro blanco de la que le había hablado el Mago, aunque la buscó desde la mañana hasta el mediodía, y desde el mediodía hasta la puesta del sol. Y al atardecer puso el rostro en dirección a su hogar, llorando amargamente, pues sabía el destino que le aguardaba.

Pero cuando había llegado a las afueras del bosque, oyó desde un matorral un grito como de alguien que sufría. Y olvidando su propio dolor corrió de nuevo al lugar, y vio allí una pequeña Liebre atrapada en una trampa que algún cazador le había tendido.

El Niño-Estrella se apiadó de ella, la liberó y le dijo: «Yo mismo no soy más que un esclavo, pero puedo darte tu libertad».

La Liebre le respondió: «Ciertamente me has dado la libertad, ¿y qué te daré yo a cambio?».

Y el Niño-Estrella le dijo: «Busco un trozo de oro blanco, pero no lo encuentro por ninguna parte, y si no se lo llevo a mi amo, me golpeará».

«Ven conmigo», dijo la Liebre, «y te guiaré hasta ella, pues sé dónde está escondida y con qué propósito».

Así es que el Niño-Estrella fue con la Liebre, y ¡he aquí! en la hendidura de un gran roble vio la pieza de oro blanco que buscaba. Se llenó de alegría, la cogió y le dijo a la Liebre: «El servicio que te hice lo has devuelto muchas veces, y la amabilidad que te mostré me la has devuelto cien veces».

«No», respondió la Liebre, «así como tú me trataste, así te traté yo», y huyó velozmente, y el Niño-Estrella se dirigió hacia la ciudad.

A la puerta de la ciudad estaba sentado un leproso. Sobre su rostro colgaba una capucha de lino gris, y a través de los ojales sus ojos brillaban como carbones rojos. Y cuando vio llegar al Niño-Estrella, golpeó un cuenco de madera, hizo sonar su campana y lo llamó diciendo: «Dame un poco de dinero o moriré de hambre. Porque me han echado de la ciudad, y no hay nadie que se apiade de mí».

«¡Ay!», gritó el Niño-Estrella, «sólo tengo una pieza de dinero en mi cartera, y si no se la llevo a mi amo me pegará, pues soy su esclavo».

Pero el leproso le suplicó y le rogó, hasta que el Niño-Estrella se apiadó y le dio la pieza de oro blanco.

Cuando llegó a la casa del Mago, éste le abrió, le hizo entrar y le dijo: «¿Tienes la pieza de oro blanco?». Y el Niño-Estrella respondió: «No la tengo». Entonces el Mago se tiró sobre él y lo golpeó, le puso delante un plato vacío y le dijo: «Come», y una copa vacía y le dijo: «Bebe», y lo arrojó de nuevo al calabozo.

Al día siguiente, el Mago se le acercó y le dijo: «Si hoy no me traes la pieza de oro amarillo, te retendré como mi esclavo y te daré trescientos azotes».

Así que el Niño-Estrella fue al bosque, y durante todo el día buscó la pieza de oro amarillo, pero en ninguna parte pudo encontrarla. Y al atardecer se sentó y se puso a llorar, y mientras lloraba se le apareció la pequeña Liebre que había rescatado de la trampa,

Y la Liebre le dijo: «¿Por qué lloras? ¿Y qué buscas en el bosque?».

Y el Niño-Estrella respondió: «Busco una pieza de oro amarillo que está escondida aquí, y si no la encuentro mi amo me golpeará y me tendrá como esclavo».

«Sígueme», gritó la Liebre, y corrió por el bosque hasta llegar a un estanque de agua. Y en el fondo del estanque yacía la pieza de oro amarillo.

«¿Cómo podré agradecértelo?», dijo el Niño-Estrella, «pues ¡he aquí que es la segunda vez que me socorres!».

«No importa, antes te apiadaste tú de mí», dijo la Liebre, y echó a correr velozmente.

Y el Niño-Estrella cogió la pieza de oro amarillo, la guardó en su cartera y se apresuró a ir a la ciudad. Pero el leproso le vio llegar y corrió a su encuentro, se arrodilló y gritó: «Dame un trozo de dinero o moriré de hambre».

Y el Niño-Estrella le dijo: «Sólo tengo en mi cartera una pieza de oro amarillo, y si no se la llevo a mi amo me golpeará y me retendrá como su esclavo».

Pero el leproso le suplicó mucho, de modo que el Niño-Estrella se apiadó de él y le dio la pieza de oro amarillo.

Y cuando llegó a la casa del Mago, éste le abrió, le hizo entrar y le dijo: «¿Tienes la pieza de oro amarillo?». Y el Niño-Estrella le respondió: «No la tengo». Entonces el Mago se tiró sobre él, lo golpeó, lo cargó de cadenas y lo arrojó de nuevo al calabozo.

Al día siguiente, el Mago se presentó ante él y le dijo: «Si hoy me traes la pieza de oro rojo, te liberaré, pero si no la traes, sin duda te mataré».

Así que el Niño-Estrella se fue al bosque, y durante todo el día buscó el trozo de oro rojo, pero en ninguna parte pudo encontrarlo. Y al anochecer se sentó a llorar, y mientras lloraba se le acercó la Liebrecilla.

Y la Liebre le dijo: «La pieza de oro rojo que buscas está en la caverna que está detrás de ti. Por tanto, no llores más sino alégrate».

«¿Cómo te recompensaré?», gritó el Niño-Estrella, «pues ¡he aquí que es la tercera vez que me socorres!».

«No importa, antes te apiadaste tú de mí», dijo la Liebre, y echó a correr velozmente.

Y el Niño-Estrella entró en la caverna, y en su rincón más alejado encontró la pieza de oro rojo. Entonces la guardó en su cartera y se apresuró a llegar a la ciudad. Y el leproso, al verle llegar, se paró en el centro del camino y, gritando, le dijo: «Dame la pieza de dinero rojo o debo morir», y el Niño-Estrella volvió a apiadarse de él y le dio la pieza de oro rojo, diciendo: «Tu necesidad es mayor que la mía». Sin embargo, su corazón estaba apesadumbrado, pues sabía el mal destino que le esperaba.

Pero he aquí que, cuando atravesó la puerta de la ciudad, los guardias se inclinaron y le rindieron pleitesía, diciendo: «¡Qué hermoso es nuestro señor!». Y una multitud de ciudadanos le siguió, y gritó: «¡Sin duda no hay nadie tan hermoso en todo el mundo!». De modo que el

Niño-Estrella lloró, y se dijo: «Se están burlando de mí, y mostrando mi miseria». Y era tan grande el tropel de gente, que perdió el rumbo de su camino, y se encontró al fin en una gran plaza, en la que había un palacio de un Rey.

Se abrió la puerta del palacio y los sacerdotes y los altos funcionarios de la ciudad salieron corriendo a su encuentro, se postraron ante él y le dijeron: «Tú eres nuestro señor, a quien hemos estado esperando, y el hijo de nuestro Rey».

Y el Niño-Estrella les respondió: «No soy hijo de rey, sino hijo de una pobre mendiga. ¿Y cómo dicen que soy hermoso, pues sé que soy malo de ver?».

Entonces él, cuya armadura tenía incrustaciones de flores doradas y en cuyo casco se agazapaba un león con alas, levantó un escudo y gritó: «¿Cómo dice mi señor que no es hermoso?».

Y el Niño-Estrella miró, y ¡he aquí! su rostro estaba igual que antes, y su hermosura había vuelto a él, y vio en sus ojos lo que no había visto allí antes.

Y los sacerdotes y los altos funcionarios se arrodillaron y le dijeron: «Estaba profetizado desde antiguo que en este día vendría el que había de reinar sobre nosotros. Por lo tanto, que nuestro señor tome esta corona y este cetro, y sea en su justicia y misericordia nuestro Rey sobre nosotros».

Pero él les dijo: «No soy digno, pues he negado a la madre que me dio a luz, no podré descansar hasta que la haya encontrado y haya conocido su perdón. Por lo tanto, déjenme ir, pues debo vagar de nuevo por el mundo, y no puedo quedarme aquí, aunque me traigan la corona y el cetro». Y mientras hablaba apartó de ellos el rostro hacia la calle que conducía a la puerta de la ciudad, y ¡he aquí! entre la multitud que se apretujaba alrededor de los soldados, vio a la mendiga que era su madre, y a su lado estaba el leproso, que se había sentado junto al camino.

Y un grito de alegría brotó de sus labios, corrió hacia ella y, arrodillándose, besó las heridas de los pies de su madre y las mojó con sus lágrimas. Inclinó la cabeza en el polvo, y sollozando, como alguien cuyo corazón pudiera romperse, le dijo: «Madre, te negué en la hora de mi orgullo. Acéptame en la hora de mi humildad. Madre, te di odio. Dame amor. Madre, te rechacé. Recibe ahora a tu hijo». Pero la mendiga no le respondió ni una palabra.

Y él extendió las manos, estrechó los blancos pies del leproso y le dijo: «Tres veces te di de mi misericordia. Dile a mi madre que me hable una vez». Pero el leproso no le respondió ni una palabra.

Volvió a sollozar y dijo: «Madre, mi sufrimiento es mayor de lo que puedo soportar. Dame tu perdón y déjame volver al bosque». Y la mendiga le puso la mano en la cabeza y le dijo: «Levántate», y el leproso también le puso la mano en la cabeza y le dijo: «Levántate».

Él se levantó de sus pies y los miró, y he aquí que eran un Rey y una Reina.

Y la Reina le dijo: «Este es tu padre a quien tú has socorrido».

Y el Rey dijo: «Esta es tu madre cuyos pies has lavado con tus lágrimas». Y se echaron a su cuello y le besaron, y le llevaron al palacio y le vistieron con ropas hermosas, y pusieron la corona sobre su cabeza, y el cetro en su mano, y sobre la ciudad que estaba junto al río gobernó, y fue su señor. Mucha justicia y misericordia mostró con todos, y al malvado Mago lo desterró, y al Leñador y a su esposa les envió muchos y ricos regalos, y a sus hijos les concedió altos honores. No permitía que nadie fuera cruel con las aves o las bestias, sino que enseñaba el amor y la bondad junto al amor y la caridad, y a los pobres les daba pan y a los desnudos ropa, y había paz y abundancia en la tierra.

Sin embargo, no gobernó mucho tiempo, tan grande había sido su sufrimiento y tan amargo el fuego de su prueba que al cabo de tres años murió. Y el que vino después de él gobernó con maldad.

CLÁSICOS EN ESPAÑOL

Esperamos que haya disfrutado esta lectura. ¿Quiere leer otra obra de nuestra colección de *Clásicos en español*?

En nuestro Club del Libro encontrarás artículos relacionados con los libros que publicamos y la literatura en general. ¡Suscríbete en nuestra página web y te ofrecemos un ebook gratis por mes!

Recibe tu copia totalmente gratuita de nuestro *Club del libro* en rosettaedu.com/pages/club-del-libro

Rosetta Edu

CLÁSICOS EN ESPAÑOL

Una habitación propia se estableció desde su publicación como uno de los libros fundamentales del feminismo. Basado en dos conferencias pronunciadas por Virginia Woolf en colleges para mujeres y ampliado luego por la autora, el texto es un testamento visionario, donde tópicos característicos del feminismo por casi un siglo son expuestos con claridad tal vez por primera vez.

Oscar Wilde escribe una sola novela, *El retrato de Dorian Gray*, ésta fue el objeto de una crítica moralizante mordaz por parte de sus contemporáneos que no pudieron ver que dentro de una trama perfectamente compuesta se escondía toda la tragedia del romanticismo. Cien años después no ha perdido su impacto original y sigue siendo un texto fundamental para los debates sobre la estética y la moral.

Otra vuelta de tuerca es una de las novelas de terror más difundidas en la literatura universal y cuenta una historia absorbente, siguiendo a una institutriz a cargo de dos niños en una gran mansión en la campiña inglesa que parece estar embrujada. Los detalles de la descripción y la narración en primera persona van conformando un mundo que puede inspirar genuino terror.

rosettaedu.com

Rosetta Edu

EDICIONES BILINGÜES

En una atmósfera constante de misterio y amenaza, *El corazón de las tinieblas* narra el peligroso viaje de Marlow por un río (sin duda el Congo aunque no es nombrado en el relato) africano. Lo que el marino puede observar en su viaje le horroriza, le deja perplejo, y pone en tela de juicio las bases mismas de la civilización y la naturaleza humana.

Durante décadas, y acercándose a su centenario, *El gran Gatsby* ha sido considerada una obra maestra de la literatura y candidata al título de «Gran novela americana» por su dominio al mostrar la pura identidad americana junto a un estilo distinto y maduro. La edición bilingüe permite apreciar los detalles del texto original y constituye un paso obligado para aprender el inglés en profundidad.

En *La señora Dalloway* Virginia Woolf relata un día en la vida de Clarissa Dalloway, una señora de la clase alta casada con un miembro del parlamento inglés, y de un ex-combatiente que lucha contra su enfermedad mental. La innovación de la novela es la corriente de consciencia: Woolf sigue el pensamiento de cada personaje, siendo excelente a la hora de narrar emociones, asociaciones y sentimientos.

rosettaedu.com